Schicksal, Traumprinz und das große Glück

Katharina Stiller

Schicksal, Traumprinz und das große Glück

KOSMOS

Umschlaggestaltung: Kathrin Steigerwald, Hamburg
unter Verwendung einer Fotografie von fotofrank/fotolia

MIX
Papier aus verantwortungsvollen Quellen
FSC® C014496
FSC www.fsc.org

Gedruckt auf chlorfrei gebleichtem Papier

ISBN 978-3-440-15312-3
Redaktion: Claudia Steinke
Produktion: Verena Schmynec
Grundlayout und Satz: DOPPELPUNKT, Stuttgart
Druck und Bindung: GGP Media GmbH, Pößneck
Printed in Germany/Imprimé en Allemagne

Madame Cassandra sieht rosarot

Jule war ein bisschen mulmig zumute, als sie den schweren Samtvorhang zur Seite schob und in den bunt bemalten Zigeunerwagen kletterte. Sie hatte eigentlich überhaupt kein Interesse daran, sich die Zukunft voraussagen zu lassen. Eigentlich glaubte sie ja nicht einmal an diesen Quatsch. Doch der Anblick von Alina Wieczorek, die sich wie so ein widerlicher Putzerfisch im Aquarium an ihrem Flori festsaugte, war einfach zu viel gewesen. Also hatte sie sich in den Wagen geflüchtet.

Im Inneren des Wagens gab es gepolsterte Bänke und einen Tisch, und die Wände waren mit mitternachtsblauem Stoff verhängt, auf dem goldene Sterne und Monde glitzerten. Eine rundliche Dame mit einem paillettenbesetzten Kopftuch beugte sich über den Tisch. Darauf stand eine blank polierte Kristallkugel. Drei Stapel mit ziemlich abgegriffen aussehenden Karten lagen aufgereiht daneben. Der ganze Wagen war eigentlich ein wandelndes Klischee, fand Jule.

Die Dame am Tisch schaute auf. Um ihren Hals hing eine violett gefasste Lesebrille, die sie nun auf die Spitze ihrer Nase schob und Jule darüber hinweg eindringlich musterte. „Madame Cassandra – Wahrsagerin“ – so hatte es auf einem Schild an der Wohnwagentür gestanden.

„Bitte. Nimmst du Platz.“ Die Wahrsagerin sprach mit einem harten, osteuropäischen Akzent. Jule fragte sich, ob das nicht etwas zu dick aufgetragen war. Wahrscheinlich hieß sie in Wirklichkeit Uschi und sprach reinstes Ruhrpott-Deutsch.

Mit einer üppig beringten Hand wies die Wahrsagerin auf die Bank ihr gegenüber. Dann wählte sie einen der drei Stapel und begann, mit erstaunlich flinken Fingern die Karten zu mischen.

„Ich äh …“, sagte Jule, doch Madame Cassandra legte den Finger an ihre korallenrot geschminkten Lippen.

„Weiß ich genau, was du hast auf Herzen.“ Madame Cassandra blätterte in schneller Folge einige Karten auf den Tisch, die sie einen Augenblick lang betrachtete. Dann deutete sie mit dem Zeigefinger auf eine Karte, deren Bild ein von Schwertern durchbohrtes Herz zeigte.

„Sehe ich, hast du traurige Herz.“ Die Worte rollten langsam und bedächtig von ihrer Zunge, während sie Jule ansah.

Wie vermutlich jede Zweite, die sich von der Tussi die

Karten legen lässt, dachte Jule. Sie nickte trotzdem höflich und wollte gerade ansetzen, zu erklären, dass sie eigentlich überhaupt keine Kartenlegung wollte, als Madame Cassandras Zeigefinger bereits zu den nächsten Karten flog.

„Siehst du hier. Junger Mann. Denkst du immer an ihm – schon säähr langes Zeit."

„Okay." Jetzt lief Jule doch ein Schauer über den Rücken. Woher wusste die Frau von Flori? Konnte sie das wirklich in den Karten sehen?

„Aber guckst du hier – ist da andere Mädchen, wo junge Mann interessiert. Darum du bist jetzt traurig."

Sie legte die andere Hand offen vor Jule auf den Tisch.

„Willst du mähr wissen? Musst du mir bestreichen Hand mit Silber."

„Hä, was?" Jule sah Madame Cassandra stirnrunzelnd an.

Die Wahrsagerin lachte.

„Lese ich nicht umsonst, junge Frau. Kostet Kurzberatung zwanzig Euro. Aber spüre ich große Trauer in dir – für dich – finfzähn, ja?"

Jule kramte in ihrem Portemonnaie. Sie hatte es wirklich geschafft, sie neugierig zu machen. Das schlug zwar ein gewaltiges Loch in ihr Kirmesgeld, aber wenn es um ihr verkorkstes Liebesleben ging, waren 15 Euro vielleicht eine gute Investition.

„Danke sehr." Madame Cassandra lächelte, legte die Karten beiseite und steckte die Geldscheine weg. Dann griff sie nach einem weiteren Kartenstapel und begann zu mischen.

„Musst du befreien deine Geist, öffne dir für Botschaft von Universum. Wenn du richtige Zeitpunkt fühlst, sagst du *Stopp!*"

Jule versuchte, nicht an Flori und Alina zu denken. Doch sie konnte nicht verhindern, dass Bilder vor ihrem geistigen Auge auftauchten. Flori und Alina knutschend in der Gondel vom Riesenrad. Alina, die Flori lachend ein Lebkuchenherz umhängte.

Ungerecht! Wenn ihn jemand knutschen und ihm Herzen umhängen durfte, dann Jule. Sie war seit der siebten Klasse in Flori verknallt, war mit ihm in der SV und in der Ruder-AG. Sie hatten so vieles gemeinsam. Und neulich im Kino hatte er sogar Jules Popcorn bezahlt. Hatte das denn gar nichts zu bedeuten?

Die doofe Alina Wieczorek war gerade mal drei Wochen in ihrer Klasse und es verband sie absolut gar nichts mit Flori. Dafür war sie blond, braun gebrannt und brauchte, im Gegensatz zu Jule, schon einen Sport-BH. Jule fand sich nicht hässlich, doch mit ihren großen braunen Augen, der hellen Haut, den glatten kastanienbraunen Haaren und den Sommersprossen auf der Nase fanden Jungs sie immer bloß „niedlich". Niedlich! Wie sie das hasste. Baby-Kätzchen waren niedlich oder kleine, gelbe, flauschige Küken.

Alina war nicht niedlich. Sie war groß, hatte nie einen Pickel, und als sie vor drei Wochen vorne im Klassenraum gestanden hatte, in ihrem Sommerkleidchen, hätte nur noch eine Windmaschine gefehlt, um ihre langen blonden Haare um ihr Püppchengesicht flattern zu lassen. Flori, diesem Idioten, waren fast die Augen aus dem Kopf gefallen.

Sorry, Jule. Für dich habe ich heute leider keine Rose. Du bist supernett und echt niedlich. Wir würden perfekt zusammen passen, aber ich habe mich für Miss Sport-BH entschieden.

„Musst du schon *Stopp!* sagen, kann ich nicht ganze Tag mischen", holte Madame Cassandras Stimme Jule zurück in die Gegenwart.

„Natürlich. 'tschuldigung", sagte Jule. „Stopp!"

Die Wahrsagerin blätterte das gesamte Kartenpäckchen auf den Tisch.

„Musst du nicht traurig sein. Junger Mann, ist er nicht der Richtige für dir. Sehe ich hier, machst du Reise, und wirst du treffen junge Mann, wo ist Antwort auf Träume. Siehst du hier? Da liegt Herz. Steht für die Liebe. Hast du säähr scheene Karten bei Herz. Sonne. Große Glück in Liebe. Hier der Herr mit Mond, Fische und Herz – ganz tiefe Gefühl, seid ihr verwandte Seelen."

Damit hatte Jule nicht gerechnet. Die 15 Euro schienen tatsächlich gut investiert.

„Können Sie sehen, wie dieser Junge aussieht oder so? Ich meine, wie soll ich ihn erkennen? Bei Flo... also, bei dem anderen Jungen, war ich mir auch sicher, dass er perfekt zu mir passt. Noch so einen Reinfall brauche ich echt nicht."

„Wenn du triffst diese Junge, wirst du wissen. Hier." Die Wahrsagerin legte eine Hand über ihren enormen Busen. „Herz sieht besser wie Auge. Musst du hören auf Herz."

„Ich glaube, ich verlasse mich da lieber nicht zu sehr auf mein Herz. Das hat schon beim letzten Mal vollkommen danebengelegen. Geht es nicht vielleicht etwas genauer?"

Madame Cassandra schaute etwas pikiert, beugte sich dann aber doch noch einmal über ihre Karten.

„Wirst du ihm treffen an große Wasser", sagte sie. „Ich werde bitten geistige Führer um Botschaft, ja?" Sie schloss ihre Augen. Jule betrachtete Madame Cassandra skeptisch, während ihre Augenlider hinter der dicken Lesebrille zu flattern begannen.

Oh mein Gott, fing sie jetzt etwa so eine Geisterbeschwörungsnummer an? Reichlich übertrieben, fand Jule.

„Sehe ich, er hat Farbe auf Haut."

Farbe? Ein Malerlehrling? Oder nein – ein Tattoo!

„Cool!", entfuhr es Jule. Ein Junge mit Tattoo, den sie am großen Wasser kennenlernen würde und das auf einer Reise. Nicht mehr ganz drei Wochen, dann waren Sommerferien. Und dann würde sie den perfekten Traumprinzen kennenlernen, der einzig zu ihr passte und den ihr keine blöde blonde Tussi wegschnappen konnte.

Aktion „Großes Wasser“ läuft an

Jule hockte im Schneidersitz auf ihrem Bett und hatte einen farbigen Prospekt aufgeschlagen auf den Knien liegen.

Madame Cassandra hatte zwar voll ins Schwarze getroffen, was Florian und diese Alina anging, doch die Sache mit dem tätowierten Traumprinzen am großen Wasser hatte einen klitzekleinen Haken. Ein Familienurlaub war nämlich diesen Sommer nicht geplant. Dieses Jahr war bei ihr Urlaub auf „Balkonien“ angesagt, wie Papa das nannte.

Zeit also für einen Plan B. Und da kam nun der Prospekt ins Spiel, den Jule heute in der Schule mitgenommen hatte. Es handelte sich um einen Werbeprospekt für Sprachurlaube in England. Ihre beste Freundin Sarah hatte sie darauf gebracht. Die hatte nämlich die letzten zwei Englischarbeiten grandios in den Sand gesetzt und wurde nun von ihren Eltern für zwei Wochen zum Englisch-Aufbaukurs nach Bournemouth an der englischen Südküste geschickt. Jule war bereits im Katalog fündig geworden.

„Bournemouth ist nicht ohne Grund eines der beliebtesten Urlaubsziele an der Südküste Englands. Elf Kilometer sauberer Sandstrand umgeben vom funkelnden Meer werden von zahlreichen Einkaufsmöglichkeiten und einem riesigen Unterhaltungsangebot ergänzt." Das las sich doch ganz hervorragend. Sommer, Sonne, Strand und jede Menge schnuckelige Engländer.

Und mit Bildung konnte man Eltern doch eigentlich immer überzeugen. Jule hatte sich schon eine kleine Ansprache fürs Abendessen zurechtgelegt.

„Fremdsprachen sind ungeheuer wichtig und Frau Thomas sagt immer, Englisch lernt man am besten, wenn man viel Englisch hört und spricht. So ein Sprachurlaub soll unheimlich viel bringen. Man lernt richtig was fürs Leben."

Jules Mutter seufzte und schlug den Prospekt zu, den Jule ihr auf den Platz gelegt hatte.

„Natürlich ist ein Sprachurlaub eine prima Sache, Jule. Aber so etwas ist enorm teuer. Wir haben doch schon darüber gesprochen. Ein Urlaub ist im Moment wirklich nicht drin. Die Auftragslage ist gerade nicht so rosig und wir hatten dieses Jahr einige größere Ausgaben."

„Ich könnte doch etwas dazuverdienen, bis zu den Ferien Zeitungen austragen oder so", schlug Jule vor.

Jules Vater lachte. „Kind, du hast Vorstellungen! Zwei Wochen Sprachurlaub – da reichen ein paar Euro Zeitungsgeld nicht."

„Aber Sarah fährt doch auch!“, protestierte Jule leise.

„Sarahs Eltern sind auch beide Zahnärzte. Die müssen nicht so aufs Geld gucken.“ Jules Vater biss herzhaft in sein Brot. Für ihn war die Diskussion damit beendet.

„Ach Mann, das ist voll blöd.“ Jule sah natürlich ein, dass ein Sprachurlaub ziemlich teuer war. Trotzdem war sie frustriert, dass ihr schöner Plan sich soeben in Luft aufgelöst hatte.

„Schau mal, es ist doch nur dieses Jahr etwas knapp. Papa hat die Fahrräder wieder flottgemacht und wir unternehmen ein paar schöne Tagesausflüge. Im Ruhrgebiet gibt es auch schöne Ecken. Und mal ehrlich. Schwimmen und Sonne satt gibt es auch am Baggersee.“ Jules Mutter fischte sich noch eine Scheibe Brot aus dem Korb.

Jule seufzte. „Schon, aber fast alle aus meiner Klasse fahren weg. Da wird es dann ziemlich einsam am Baggersee.“ Außerdem hatte Madame Cassandra das bestimmt nicht gemeint, als sie vom „großen Wasser“ gesprochen hatte. Aber das konnte Jule schlecht ihren Eltern als Argument verkaufen.

„Du hättest ja auch mal dein Taschengeld sparen und dir in den Osterferien einen Ferienjob suchen können.“ Jules große Schwester Kim mischte sich liebend gern in solche Diskussionen ein und stellte sich dann grundsätzlich auf die Seite ihrer Eltern. Sie war dreieinhalb Jahre älter und wusste grundsätzlich alles besser. Außerdem war sie eine ganz üble Petze.

„Ich habe eben immer ein bisschen Geld zur Seite gelegt. Und jetzt kann ich mit dem Führerschein anfangen, und Mama und Papa müssen kaum noch was dazutun."

„Ja, super. Gratuliere, Miss Oberperfekt! Dann kannst du damit ja jetzt zur Hölle fahren", zischte sie Kim zu. Jule hätte heulen können. Hier im Ruhrgebiet war sie weit entfernt von größeren Gewässern, außerdem hatte Madame Cassandra eindeutig von einer Reise gesprochen.

Leider war der kostenlose Strandurlaub noch nicht erfunden, dachte Jule gerade, als ihr plötzlich eine Idee kam. Natürlich! Das war es! Es gab ihn doch, den kostenlosen Urlaub am Meer.

„Ich könnte doch an die Ostsee fahren und Marie und Luca besuchen." Die Zwillinge Marie und Luca waren die Kinder von Mamas bester Freundin Eva, die auch Jules Patentante war. Eva war Künstlerin und ein bisschen spleenig, aber unheimlich nett. Jule hatte sie sehr gern. Mit den Zwillingen, die ein Jahr älter waren als sie selbst, hatte sie viel Zeit verbracht. Bis zur Grundschule, als Eva noch mit ihrem Mann Bernd in der Nähe gewohnt hatte, waren Jule, Marie und Luca unzertrennlich gewesen. Dann hatten Eva und Bernd sich getrennt und Eva war an die Ostsee gezogen. Danach hatten sie sich nur noch ab und zu gesehen. Der letzte Besuch war bereits fast zwei Jahre her und Jule hatte die Zwillinge wirklich schon vermisst, auch wenn sie über Handy und Internet Kontakt hielten.

Es hatte wenig Sinn, mit ihren Eltern über einen Englandurlaub zu diskutieren, wenn das nötige Kleingeld nun mal fehlte. Allerdings war es nicht von der Hand zu weisen, dass auch die Ostsee als „großes Wasser“ durchgehen konnte. Jule musste die Hoffnung also nicht gleich aufgeben.

Vielleicht würde sich dort ihr Schicksal erfüllen – wenn auch leider ohne schnuckeligen Engländer.

„Jule, das ist doch eine prima Idee!“, fand ihre Mutter. „Eva hat uns schon so oft eingeladen und irgendwie hat es terminlich nie gepasst. Sie freut sich bestimmt, wenn du sie besuchen kommst. Und die Zwillinge erst recht. Soweit ich weiß, fahren die drei erst gegen Ende der Sommerferien für zwei Wochen in den Urlaub. Warum rufst du sie nicht gleich mal an? Dann könnt ihr alles besprechen.“

Jule war im ersten Moment erschrocken, als sie am anderen Ende der Leitung eine tiefe, männliche Stimme hörte. Doch dann erkannte sie Luca. Seit sie das letzte Mal telefoniert hatten, waren drei oder vier Monate vergangen und Luca klang auf einmal unglaublich erwachsen. Jule verkniff sich einen Kommentar und kam ohne Umschweife zur Sache.

„Hey Luca! Hier ist Jule. Ich wollte mal hören, was ihr in den Ferien vorhabt."

„Jule! Mensch, das ist aber eine schöne Überraschung", freute sich Luca. „Wir fliegen zwei Wochen nach Ibiza, kurz bevor die Schule wieder losgeht. Aber den Rest der Ferien sind wir hier. Wieso fragst du, willst du uns besuchen kommen?"

„Du hast es erfasst. Ich wollte mich einfach ganz dreist für zwei Wochen bei euch einladen."

Luca lachte. „So frech wie eh und je. Warte, ich gebe dich mal kurz weiter an Marie, die zappelt hier neben mir herum und will dich unbedingt sprechen. Und ich frage in der Zwischenzeit Mama."

Es rauschte und Gelächter und Gescharre waren zu hören.

„Du Blödmann, jetzt gib mir den Hörer!" Das war Maries Stimme.

„Jule? So … mein liebes Bruderherz hat mir endlich mal das Telefon gegeben. Hör ich richtig? Du kommst uns in den Ferien besuchen? Mensch, das wäre Bombe. Wir haben uns schon viel zu lange nicht gesehen. Und hier ist im Sommer jede Menge los. Das wird richtig toll."

Auf ans Meer!

Jule verfluchte sich, dass sie so viele Klamotten eingepackt hatte, und schleppte ihren Koffer zur Tür, während der Zug in den Kieler Hauptbahnhof einfuhr. Dabei spähte sie hinaus auf den Bahnsteig, ob sie Marie und Luca entdecken konnte. Da sah sie Evas schwarzen Haarschopf in einer Gruppe Wartender. Keine Zwillinge. Aber was machte der lange, dunkelhaarige Typ neben ihrer Tante? Stand der nur zufällig da herum oder gehörte er dazu? Jule verlor die beiden aus den Augen, während der Zug vorbeirollte. Als sie schließlich den Koffer auf den Bahnsteig hievte, kam Eva lächelnd und mit ausgebreiteten Armen auf sie zu. Sie hatte sich kaum verändert. Jule hoffte, in dem Alter auch noch so cool auszusehen.

Evas schwarze Haare reichten fast bis zur Taille. Sie trug Röhrenjeans und hohe Stiefel. Das Tuch um ihren Hals passte farblich toll zu ihren strahlend blaugrünen Augen. Die hatten die Zwillinge von ihr geerbt. Dafür hatten sie die hochgewachsene, schlaksige Statur von ihrem Vater.

Der große dunkelhaarige Typ im Anzug gehörte anscheinend wirklich zu Eva. Ob das ein neuer Lover war? Aber das hätten ihr die Zwillinge doch bestimmt erzählt.

„Jule! Wie schön, dass du da bist!“ Eva umarmte sie. „Mensch, du bist auch so groß geworden. Ich darf gar nicht darüber nachdenken, sonst fühl ich mich alt.“

„Sind Marie und Luca gar nicht mitgekommen?“, wollte Jule wissen.

„Die haben diese Woche noch Schule. Bei uns in Schleswig-Holstein fangen die Ferien eine Woche später an. Oliver war so lieb, mich herzufahren.“ Eva deutete über die Schulter auf den Anzugtyp. „Oliver ist mein Agent.“ Eva legte dem Mann die Hand auf den Arm und lächelte ihn an.

Agent! Nee, schon klar, dachte Jule. Neben dem sah Eva ja noch kleiner aus. Der Typ war bestimmt fast zwei Meter groß. Diese schwarz gerahmte Brille und die Frisur – ein bisschen Johnny Depp für Arme. Auf den stand ja Mama total. Oliver fehlte dazu nur noch ein Bärtchen. Sie verkniff sich ein Grinsen.

„Schön, dich kennenzulernen, Jule. Soll ich dir dein Gepäck abnehmen?“

Oh, ein echter Gentleman, wie? Jule überließ ihm nur allzu gern den unhandlichen Koffer.

Sie stiegen in Olivers anthrazitfarbenen BMW. Schickes Auto, dachte Jule. Dass man mit Kunst so viel Geld verdienen konnte! Künstler waren wohl doch nicht alle arme Schlucker. Eva war sogar sehr erfolgreich. In den letzten Jahren hatte sie viele große Ausstellungen gehabt. Erst vor einem Jahr hatte sie sich ein eigenes Haus gekauft.

Während sie über die engen Landstraßen brausten, redete Eva auf Jule ein: „Du, es gibt hier so viel, was du machen kannst! Eine Bekannte von mir gibt tolle Workshops in Bernstein-Kunst. Und dann musst du unbedingt eine Fahrt mit der historischen Dampfeisenbahn machen ...“ Jule rauchte nach ein paar Minuten der Kopf. Eigentlich wollte sie sich nur in der Sonne aalen, im Meer schwimmen, Fischbrötchen und Eis essen. Das Einzige, was von Evas Vorschlägen hängen blieb, war die Surfschule. Die war doch ein guter Ausgangspunkt, wenn man nach einem Traumtyp mit Tattoo suchen wollte.

„Ich bin gespannt, wie dir das Haus gefällt. Marie und Luca fühlen sich super wohl mit dem großen Garten und Blick direkt auf die Schlei.“ Eva war hörbar stolz.

„Klingt toll“, fand Jule. Die Ostsee war nicht England. Aber vielleicht war es doch nicht so viel schlechter ...

Der BMW bog in die Hauseinfahrt. Das Einfamilienhaus war von einer niedrigen Mauer umgeben, auf der Blumenkästen mit roten Petunien standen. Es sah unerwartet spießig aus. Die dunkle Haustür mit den dicken, getönten Glasscheiben hatte etwas von Opa-Kneipe.

„Oliver wohnt oben in der Einliegerwohnung", erklärte Eva, als sie die Tür aufschloss. „Da habe ich auch mein Atelier."

Praktisch, dachte Jule und grinste in sich hinein. Durch die Haustür traten sie in einen kleinen Flur, der sich zum Wohnzimmer öffnete. Oliver stellte Jules Gepäck ab und verabschiedete sich in seine Wohnung. Jule folgte Eva drei Stufen hinunter in das große, lichtdurchflutete Wohnzimmer.

„Wow!", entfuhr es Jule. Durch die breite Fensterfront in dem vorgebauten Erker blickte man in den Garten. Dahinter lag die Schlei. Die Sonne glitzerte auf dem Wasser und Rasen, Büsche und Bäume leuchteten in saftigem Grün.

„Das ist einfach nur superschön. So ein Haus möchte ich auch mal haben!"

Eva lächelte stolz.

Näher am „großen Wasser" konnte man fast nicht mehr sein. Jetzt musste es einfach klappen mit dem Traumtyp.

„Komm, ich zeig dir dein Zimmer", sagte Eva. „Dann kannst du erst einmal in Ruhe auspacken und ich mache uns etwas zu essen. Nach der langen Bahnfahrt bist du bestimmt hungrig. Die Zwillinge müssten auch bald kommen."

Wiedersehen in der Villa Kunterbunt

Das Gästezimmer lag nach vorne zur Straße und hatte daher nicht den fantastischen Ausblick, war aber gemütlich eingerichtet und angenehm kühl. Jule packte ihren Koffer aus. Sie war froh, das verschwitzte Top und die Shorts von der Zugfahrt ausziehen zu können. Sie machte sich im Bad ein bisschen frisch und zog ihr neues Lieblingsteil aus dem Koffer: ein cremeweißes schulterfreies Top mit Lochstickerei, das sie in einem Second-Hand-Laden aufgetrieben hatte. Bloß ihre blöde Schwester fand natürlich, dass es wie eine Häkelgardine aussah. Sollte sie doch! Die hatte ja keine Ahnung und keinen Geschmack. Das Top war genau das Richtige für dieses herrliche Sommerwetter und passte hervorragend zu den neuen dunklen Jeansshorts. Jetzt fehlte nur noch etwas Farbe. Da waren die langen Ketten mit den bunten Glasperlen perfekt, die sie neulich auf dem Flohmarkt erstanden hatte. Jule liebte es, auf Flohmärkten und in Second-Hand-Läden zu stöbern und ausgefallene Vintage-Teile mit ihrem schlichten, praktischen Jeans-Look zu kombinieren. Sie hasste Kleider und Röcke. Da war man ständig mit Zupfen und Ziehen beschäftigt, musste bei jedem Windstoß Angst haben, im Freien zu stehen, und konnte sich nicht bequem hinsetzen. Zufrieden betrachtete Jule sich in dem bodenlangen Spiegel im Flur. Der perfekte Sonne, Sand und Salzwasser-Look. Na warte, Traumprinz, hier kommt Jule!

Dann gesellte sie sich zu Eva in die Küche, um ihr beim Tischdecken zu helfen. „Der sieht ja klasse aus!" Jule strich mit der Hand über die massive Platte des riesigen Esstischs. „Den hattet ihr letztes Mal noch nicht."

Eva reichte Jule die Platzdeckchen.

„Stimmt! Das war mal ein altes Scheunentor."

„Nein, echt?" Jule schüttelte den Kopf. „Ist ja krass."

„Ja, ich habe mir Anleitung von einem örtlichen Schreiner geholt, die alten Holzplanken sorgfältig aufgearbeitet und verbaut."

Typisch Eva. Überall trieb sie alte Sachen auf und verwandelte sie in kunstvolle Einzelstücke. Jedes Möbelstück hatte seine eigene Geschichte – wie der türkis lackierte alte Küchenschrank mit den Gardinen vor den Glastüren, der im Esszimmer als Anrichte diente, der Ohrensessel, den Eva mit Stoff von einem alten Theatervorhang neu bezogen hatte, oder die kugelförmige Deckenlampe aus alten Plastikbechern. Nichts in Evas Reich kam aus einem Möbelhaus. Jule fand das großartig. Toll, wenn Sachen nicht einfach weggeworfen, sondern einem neuen Zweck zugeführt wurden. Deswegen kaufte sie auch so gern in Second-Hand-Läden und auf Flohmärkten ein. Es musste nicht immer alles neu sein. Im Gegenteil, Recyceln oder Upcyceln – wie man das nannte, was Eva machte – schonte die Umwelt und solche Einzelstücke hatten Charakter.

Kurze Zeit später klapperte es an der Haustür, und die Zwillinge kamen hereingestürmt.

„Jule!!!" Marie fiel ihr um den Hals. „Mensch, lange nicht gesehen!"

„Und trotzdem wiedererkannt." Luca grinste breit und drückte Jule ebenfalls.

Die Zwillinge waren immer schon groß und schlaksig gewesen, jetzt überragten sie Jule aber um mehr als einen Kopf.

„Kunststück, ich kenne schließlich eure Profilfotos", flachste Jule. „Die kürzeren Haare stehen dir super, Marie."

„Danke. Finde ich auch besser so – und viel praktischer! Vor allem jetzt im Sommer." Das Mädchen fuhr mit der Hand durch seinen kinnlangen Bob.

„Na toll. Und ich bekomme keine Komplimente?" Luca verschränkte die Arme vor der Brust und schob die Unterlippe vor.

„Ooooh, armer Luca. Deine Harry-Styles-Gedächtnisfriese ist auch ganz toll." Jule lachte und wuschelte Maries Bruder durch die wilde, hellbraune Lockenmähne. Dafür musste sie sich schon ziemlich recken.

„Tss! Harry Styles!", sagte Luca und schlug lachend mit einem Geschirrtuch nach Jule.

Kurze Zeit später saßen sie um den großen Esstisch und fielen über Evas köstliche Reispfanne her.

„Mum, dürfen wir morgen mit Jule zur Eröffnungsfeier vom Piratenfestival?" Marie sah ihre Mutter erwartungsvoll an.

Eva runzelte die Stirn. „Okay, aber denkt daran, dass ihr am nächsten Tag Schule habt. Vor den Ferien läuft zwar nicht mehr viel, aber ihr müsst schon noch aus den Augen gucken können. Ihr seid um zehn zu Hause."

„Können wir nicht bis zum Ende bleiben? Das geht bis Mitternacht. Bitte, Mama. Mamilein!" Luca sah Eva mit seinen großen grünblauen Augen an und klimperte mit den langen dunklen Wimpern. Jule musste lachen. Wer konnte bei diesen Augen und Lucas charmantem Lächeln schon Nein sagen?

„Na gut. Aber ich scheuche euch morgens ohne Gnade aus den Betten! Und ihr bleibt immer zusammen und nehmt auf jeden Fall eure Handys mit."

„Piratenfestival?“, fragte Jule. „Was muss ich mir denn darunter vorstellen?“

„Ab morgen Abend erobern Piraten für eine Woche die Stadt. Das ist ein Riesenspektakel. Die meisten verkleiden sich, es gibt einen Markt, Live-Musik, Show-Kämpfe und ein tolles Abschlussfeuerwerk.“

„Klingt spitze!“, sagte Jule.

„Hast du dir schon überlegt, was du diese Woche unternehmen möchtest?“, wollte Eva wissen. „Ich glaube, dir wird nicht langweilig werden, während Marie und Luca in der Schule sind. Du kannst gerne mein Fahrrad benutzen. Ich gebe dir später den Schlüssel. Haustürschlüssel bekommst du auch, dann bist du nicht auf uns angewiesen. Aber du sagst mir bitte immer, wohin du gehst, und nimmst dein Handy mit, ja?“, sagte Eva.

„Na logisch.“ Jule nickte. „Vielleicht fahre ich zum Weidefelder Strand baden. Oder ich schau bei dieser Surfschule vorbei.“

„Klingt gut“, fand Eva. „Man kann Schnupperstunden buchen. Vielleicht ist das was für dich.“

„Luca und ich haben da den Grundkurs Windsurfen gemacht. Ist gar nicht so leicht am Anfang“, erklärte Marie. „In den Ferien übernimmt die Kurse oft Jonas, der Sohn des Besitzers. Er ist siebzehn, ein ziemlich cooler Typ. Außerdem hat der echt was drauf. Der macht auch Kitesurfing und so.“

Lucas Gesichtsausdruck spiegelte alles andere als Begeisterung. „Quatsch. Was drauf? Der Typ ist der totale Angeber."

„Das sagst du ja bloß, weil du dich so dämlich angestellt hast beim Surfkurs und er sich über dich lustig gemacht hat", feixte Marie. „Aber mach dir nichts draus, Bruderherz, Jonas sagt, Frauen lernen im Durchschnitt schneller surfen als Männer, weil sie einen besseren Gleichgewichtssinn haben und vor allem besser zuhören."

„Haha!" Luca warf Marie einen bösen Blick zu.

„Hört mal auf, euch anzuzicken, ihr beiden, ja?", ging Eva dazwischen. „Schließlich haben wir einen Gast."

„Ach Quatsch! Was sich neckt, das liebt sich, Mum. Stimmt's, kleine Schwester?" Luca stupste Marie unter dem Tisch mit dem Fuß an.

„Kleine Schwester! Von wegen. Du bist auch nur zehn Minuten älter. Aber keine Sorge, Mum. Jule kennt das noch von früher."

„Ehrlich gesagt habe ich das schon vermisst", sagte Jule und lachte. Die Zwillinge waren eigentlich ein Herz und eine Seele. Sie lieferten sich nur gerne kleine verbale Scheingefechte. Echte Meinungsverschiedenheiten waren bei den beiden selten. Jule konnte sich nicht erinnern, dass sich Marie und Luca mal so richtig gefetzt hätten. Ganz anders als Jule und ihre Schwester Kim. Jule hatte sie gern, trotzdem lagen sie sich ständig in den Haaren. Vielleicht war es der Altersunterschied. Die Zwillinge jedenfalls würden für beste Freunde durchgehen, wenn die Ähnlichkeit nicht wäre.

Nach dem Essen halfen die Kinder Eva beim Abräumen.

„Ach, lass nur", sagte Eva, als Jule die Spülmaschine öffnete. „Das ist lieb von dir, aber heute übernehme ich das. Ihr beiden könnt Jule in der Zwischenzeit das Haus zeigen."

„Wow, Mum! So kennt man dich ja gar nicht. Schnell raus hier, bevor sie es sich anders überlegt." Marie grinste und zog Jule mit sich.

„Na ja, das Wohnzimmer kennst du ja schon. Die Sofas sind neu. Die hat Mama letztes Jahr gemacht."

Von zwei alten Badewannen mit Löwenfüßen hatte Eva die Seiten aufgeflext, sie farbig lackiert und mit bunten Sitzpolstern versehen. Der Couchtisch bestand aus einer alten Rollpalette. In der Ecke befand sich außer einem überquellenden Bücherregal aus alten Weinkisten noch der Theatervorhang-Sessel. Auf jeden Fall nicht langweilig, dachte Jule. Sie betrachtete die beiden Gemälde über den Sofas.

„Die hingen früher bei euch im Flur, oder?"

„Ja, aber hier kommen sie besser zur Geltung, findest du

nicht?“ Luca war neben sie getreten und betrachtete ebenfalls die zwei großformatigen Acrylgemälde. „Die Bilder hat Mama vor zwei Monaten in New York ausgestellt und damit international viel Aufsehen erregt. Seitdem wird Mum ständig angefragt, und es gibt viele Kaufinteressenten für ihre Kunstwerke. Ein Sammler hat für die „Zwillingsseelen“ fünfzigtausend Dollar geboten. Aber die sind absolut unverkäuflich.“

Eigentlich konnte Jule mit moderner Kunst nicht viel anfangen, aber Evas Gemälde gefielen ihr. Ihre ‚Zwillingsseelen' zeigten jeweils etwas unterschiedliche abstrakte Formen in Türkistönen, durchbrochen von kräftigem Orangerot und kleinen Flecken aus Blattsilber. Nebeneinander bildeten die Gemälde eine gemeinsame große Form. Eva hatte die Bilder gemalt, als sie erfahren hatte, dass sie Zwillinge bekommen sollte. Das erzählte sie immer wieder gern. Und die Bilder waren wirklich wie Marie und Luca – sehr ähnlich und trotzdem nicht gleich, aber unzertrennlich.

„Fünfzigtausend Dollar?“ Jule pfiff durch die Zähne. „Das ist eine Menge Geld. Und eure Mum ist nicht schwach geworden?“

„Nee.“ Marie schüttelte vehement den Kopf. „Die Bilder würde sie niemals verkaufen. Der Typ hätte sogar hunderttausend Dollar hingeblättert, aber Mama ist hart geblieben.“

„Krass!“ Jule lachte, aber sie konnte ihre Tante verstehen. Die Bilder hatten eben eine ganz persönliche Bedeutung in ihrem Leben. So etwas verkaufte man nicht. Jule konnte sich auch schlecht von Sachen trennen, an denen Erinnerungen hingen. Wenn Mama ausmisten wollte, gab es deswegen regelmäßig Streit.

„Komm, dann zeigen wir dir unsere Zimmer.“

Jule folgte Marie und Luca in den Flur.

„Hier ist das Badezimmer, da drüben das Gäste-WC und da ist noch ein Abstellraum. Na ja, dein Zimmer kennst du ja schon.“

Wohin man auch blickte, fanden sich Evas Kunstwerke. Bunt lackierte Skulpturen aus Treibholz, Kronkorken, Schrauben und allerhand Fundstücken, Leinwände mit abstrakten Gemälden und Evas eigenwillige Möbelkreationen.

„Das hier ist mein Zimmer.“ Luca deutete auf die Tür direkt neben dem Gästezimmer. „Möchtest du es sehen?“

„Na klar!“ Jule nickte.

Luca ging voran.

„Wie cool ist das denn?“ Jule staunte nicht schlecht. Mitten im Raum hing an stabilen Seilen ein Bett aus alten Europaletten. „Darf ich mal?“

„Na sicher“, sagte Luca. „Tu dir keinen Zwang an.“

Jule setzte sich auf die Bettkante und ließ sich nach hinten fallen. Das Bett schwang sanft hin und her.

„Total genial!“ Sie richtete sich wieder auf und betrachtete den Rest des Zimmers. Regale aus alten Weinkisten, ein Schreibtisch und hinter einem Vorhang einige Kleiderständer. Die Wand zierte ein großes Londoner U-Bahn-Schild und auf einem Ständer in der Ecke lehnte Lucas E-Gitarre.

Auch Maries Zimmer war etwas Besonderes. Hier gab es ein cremefarbenes Hochbett mit einem Hängesessel darunter. Der Kleiderschrank bestand aus fliederfarben lackierten Teekisten und einer pinkfarbenen Holzleiter, an deren Sprossen die Kleiderbügel hingen.

„Echt klasse! Dagegen ist mein Zimmer total öde.“ Jule schaute sich begeistert um. „Eure Mum ist so unglaublich kreativ.“

„Mamas Schlafzimmer ist auch hier unten, aber das ist echt winzig. Die ganze obere Etage hat sie zum Atelier ausgebaut. Da verbringt sie ohnehin die meiste Zeit. Unterm Dach ist auch Olivers Wohnung. Wie praktisch, wenn man seinen Agenten gleich bei sich einziehen lässt …“ Marie warf Luca einen vielsagenden Blick zu. Aha! Da hatte Jule mit ihrer Vermutung wohl nicht ganz falschgelegen.

Luca runzelte die Stirn. Ihm schien das Thema unangenehm zu sein. Jule wollte nicht nachbohren.

Traumprinz in Neopren

Die große Haus-Tour beendeten die Zwillinge mit Jule im Garten.

„Seid ihr dafür nicht ein bisschen zu alt?“ Jule grinste und zeigte auf den hölzernen Kletterturm am Ende des Grundstücks. Es war ein Spielhaus in Form eines kleinen Piratenschiffes mit Bullaugen und einem Ausguck zum Hineinklettern.

„Haha, das Ding stammt noch vom Vorbesitzer“, erklärte Luca schnell. „Wir wollten es erst abbauen, aber das kam uns dann irgendwie herzlos vor. Ist auch ganz gemütlich da oben, wenn man sich mal zurückziehen und chillen möchte. Inzwischen nutzen wir es immer als Telefonzelle – da oben ist der Handyempfang nämlich am besten.“

„Mensch, Jule, Luca! Wisst ihr, was wir machen sollten?“ Marie schaute verschwörerisch in die Runde. „Eine Mitternachtsparty. So wie früher!“

Als sie klein waren, hatten Marie und Jule Luca immer mit ihren Hanni-und-Nanni-Kassetten gequält. Die Hörspielserie handelte von Zwillingen, die ein englisches Internat besuchten. In den Geschichten hatten die Internatsschülerinnen immer sogenannte Mitternachtspartys gefeiert. Das bedeutete eigentlich nichts anderes, als dass sie sich nachts in einem der Zimmer trafen und sich über die Fresspakete von zu Hause hermachten. Jule, Marie und Luca hatten dann selbst nachts den Kühlschrank geplündert und auf dem Balkon, im Wohnzimmer oder auf dem Dachboden bei Taschenlampenlicht gepicknickt. Ihre ganz eigenen Mitternachtspartys.

„Super Idee! Genau wie früher!" Jule war begeistert.

„Klasse. Zu dritt wird es da oben wahrscheinlich ein bisschen kuschelig, aber ich bin absolut dafür", stimmte Luca zu. „Eine Willkommens-Mitternachtsparty für Jule. Wir treffen uns am besten vorne im Hausflur. Jule, hast du eine Taschenlampe?"

Taschenlampe. So etwas brauchte man doch nicht mehr. Jule wedelte mit ihrem Handy.

Das Haus lag vollkommen still. Auch Eva war heute bereits um halb elf ins Bett gegangen. Jule stellte den Handywecker aus. Sie gähnte und rieb sich die Augen. Am liebsten wäre sie in ihrem kuscheligen Bett geblieben. Eigentlich eine selten bescheuerte Idee, mitten in der Nacht aufzustehen, nur um sich vollzustopfen, fand Jule jetzt. Sie streckte sich, schlüpfte aus dem Bett und in ihre bereitgelegten Anziehsachen. Dann schaltete sie die Handybeleuchtung ein und löschte die Nachttischlampe. Leise öffnete sie ihre Zimmertür und schlich in den Hausflur, wo bereits Luca und Marie mit einem Rucksack voller Leckereien warteten.

„Eigentlich wäre es einfacher, hinten rauszugehen, aber der Rollladen macht zu viel Krach", flüsterte Luca. „Wir müssen durch den Vorgarten." So leise wie möglich öffnete er die Haustür. Als sie alle drei hindurchgehuscht waren, zog Marie die Tür leise ins Schloss. Es war deutlich abgekühlt, aber immer noch angenehm. Ein leichter Wind brachte würzigen Meeresduft mit sich. Kaum ein Wölkchen verdeckte den Himmel. Vielleicht doch nicht so eine bescheuerte Idee. So eine wunderschöne Nacht konnte man doch unmöglich einfach verschlafen.

„Schaut nur, die vielen Sterne!", wisperte Jule, während sie im Schein von Maries Stablampe hinunter zum Schleiufer stapften. Nacheinander kletterten sie die Holzsprossen zum Piratenschiff hinauf und machten es sich, so gut es ging, bequem.

„Ihr habt eindeutig zu lange Gräten." Jule kicherte, während sie versuchten, ihre Beine zu sortieren.

Sie rutschte etwas dichter an Luca heran und zog die Knie an. So ging es schon deutlich besser. Luca versuchte, noch etwas mehr Platz zu machen.

„'tschuldige, ich kann mich leider nicht zusammenfalten."

„Lass nur, geht schon. So ist es doch ganz bequem." Jule lehnte sich an seine Schulter.

„Also ich sitze bequem", vermeldete Marie. „Und ihr?"

„Bestens." Luca reckte den Daumen in die Höhe.

„Ich glaube fast, die Taschenlampe können wir ausmachen." Marie knipste probehalber das Licht aus. „Der Mond und die Sterne sind hell genug, wenn sich die Augen ein bisschen an die Dunkelheit gewöhnt haben."

Das Mondlicht fiel durch das kreisrunde Loch in der Decke, durch das man in den Ausguck klettern konnte.

„Noch jemand eine Fassbrause?" Luca kramte im Rucksack und verteilte Getränke, Chips und Kekse.

Durch die Bullaugen konnten sie hinaus aufs Wasser schauen, auf dem sich glitzernd das Licht der Sterne und des Mondes spiegelte. Richtig romantisch, dachte Jule, fehlt bloß noch der versprochene Traumprinz. Sie fühlte sich rundum wohl.

„Richtig cool hier oben! Aber jetzt erzählt mal! Wie gefällt es euch hier? Und was ist mit diesem Oliver?"

„Das Haus ist absolut klasse. In der alten Wohnung wurde es auch langsam etwas eng. Und Mama spart sich die Fahrerei zum Atelier", entgegnete Marie. „Konnte ja niemand ahnen, dass sie ihren neuen Agenten gleich mit einziehen lässt."

„Er schien doch eigentlich ganz nett zu sein“, meinte Jule.

„Nett schon, aber … ich weiß nicht. Ich hab einfach so ein komisches Bauchgefühl.“ Marie zuckte mit den Schultern. „Der ist so glatt und geschniegelt und überhaupt. Kunstagent. Was ist das für ein Beruf? Der macht Geld damit, dass er die Arbeit anderer Leute verkauft. Ich finde ihn einfach irgendwie schmierig.“

„Ich bin auch kein großer Fan von ihm“, gab Luca zu. „Aber vielleicht tun wir ihm Unrecht. Er scheint Mama gutzutun und seinen Job macht er wohl auch ganz gut, sonst hätten wir uns dieses Haus sicher nicht leisten können. Als Künstler braucht man eben jemanden, der sich mit diesem Marketing-Kram auskennt.“

„Hm. Stelle ich mir schwierig vor, sich an einen neuen Partner zu gewöhnen. Hatte Eva denn vorher noch nie einen Freund?“

„Doch, da gab es zwei oder drei Typen, mit denen sie mal ausgegangen ist. Aber da hat sie uns weitgehend rausgehalten und sie nicht mit nach Hause gebracht. Mit Oliver scheint es ihr ernster zu sein.“ Marie seufzte. „Da hätte sie sich doch mal lieber seinen Bruder aussuchen sollen. Jens. Der ist richtig nett. Der würde auch viel besser zu Mama passen. Er ist nicht so geschniegelt und wirkt noch viel jünger. Außerdem sieht er richtig gut aus. Und er fährt Motorrad.“

Jule setzte sich auf. „Echt? Na, den muss ich dann auch unbedingt mal kennenlernen."

„Na, so toll sieht er nun auch wieder nicht aus", warf Luca ein. „Aber stimmt. Er wäre eher Mums Typ. Immerhin ist er auch Künstler. Er hilft Oliver oft in der Agentur. Da wirst du ihn sicher auch noch kennenlernen."

Ob Jens wohl ein Tattoo hatte? Aber wenn er Eva gefallen könnte, war er wohl deutlich zu alt, um Jules Traumprinz zu sein.

„Apropos Freund", lenkte Marie das Gespräch in eine andere Richtung. „Was macht eigentlich dein ... wie hieß er noch? Fabian? Na, du weißt schon. Der aus deiner Klasse."

„Oh oh ... Mädchengespräche, na, da höre ich mal besser weg. La la la ...", machte Luca und steckte sich die Finger in die Ohren.

„Blödmann!" Jule boxte ihm leicht mit dem Ellenbogen in die Seite. Luca lachte und nahm die Finger wieder aus den Ohren.

„Und über Florian möchte ich lieber nicht sprechen. Der bevorzugt blond und blöd."

„Selbst schuld", kommentierte Luca. „Also ... der Typ jetzt, nicht du."

„Schon klar." Jule lachte. „Obwohl ... ich auch ein bisschen. Hätte mich ja nicht in diesen Idioten verknallen müssen."

„Wenn das mal so einfach wäre“, sagte Marie. „Man kann sich schließlich nicht aussuchen, in wen man sich verliebt.“

„Da hast du leider recht“, stimmte Luca zu. Er kratzte sich im Nacken. „Wie dem auch sei. Wir sollten nicht mehr allzu lange hierbleiben. Schließlich müssen wir morgen in die Schule. Auch wenn da nicht mehr …“ Er unterbrach sich und lauschte in die Nacht.

„Wenn da nicht mehr – was?“, fragte Jule.

„Psst! Seid mal still. Ich glaube, ich habe die Haustür gehört.“ Luca zog sich auf die Knie und lugte durch das Bullauge. „Da kommt jemand! Ich glaube, das ist Oliver.“

„Was macht der denn hier?“, wisperte Jule. „Hört mal, der spricht doch mit irgendwem.“

„Wahrscheinlich telefoniert er mit dem Handy. Wenn man vernünftigen Empfang haben will, muss man immer bis hier hintenhin laufen“, erklärte Marie im Flüsterton.

„Psst! Leise, sonst hört er uns!“, zischte Luca.

Sie duckten sich und versuchten, möglichst leise zu atmen. Oliver schien in einigen Metern Entfernung stehen geblieben zu sein. Gesprächsfetzen in englischer Sprache wehten zu ihnen herüber.

„… sorry. Bad cell reception in the house. Any better now? Okay. Ultimately, it all comes down to offering the right price. No need to worry, I’ll get you these canvases. I stand by my promise. Just give it some time.“

Eine Weile hörten sie nichts.

„Yes. Yes, sure. I'll keep you posted. – Thank you. You too. Goodbye."

Sie hörten Oliver noch leise über den miesen Handyempfang schimpfen, dann wurde es still.

Luca spähte erneut hinaus.

„Er läuft zurück zum Haus", flüsterte er.

„Mit wem telefoniert der denn mitten in der Nacht hier draußen? Ist ja sehr geheimnisvoll", fand Jule.

„Ach was. Er hat irgendwas von ‚canvases' gesagt – es ging also um Gemälde. Irgendwas Geschäftliches", winkte Marie ab.

„Mitten in der Nacht? Also, ich finde das ziemlich suspekt." Jule schlürfte den letzten Schluck Fassbrause aus ihrer Flasche.

„Ganz koscher kommt der Typ mir auch nicht vor, aber dass er nachts geschäftliche Telefonate führt, ist nicht ungewöhnlich. Er hat viele Kontakte in Amerika. Mamas Ausstellung in New York hat er auch organisiert. Wenn hier Nacht ist, ist es dort Nachmittag", erklärte Luca.

„Stimmt, er hat Englisch gesprochen." Marie nickte. „Wahrscheinlich hat er mit einem Kunden in den USA telefoniert. Und dass er dazu raus in den Garten geht, ist auch nicht weiter verwunderlich. So schön die Gegend auch ist, hier gibt es leider eine Menge Funklöcher. Für SMS reicht es meistens noch, aber selbst die bleiben oft genug im Postausgang hängen. Sie gehen erst dann raus, wenn man wieder Empfang hat. Ein bisschen nervig, aber man gewöhnt sich dran."

„Puh! Also, ob ich mich daran gewöhnen könnte ..." Jule zückte ihr Handy und betrachtete das Display. „Hier scheint es okay zu sein. Ich habe drei Balken. Im Haus habe ich es noch nicht getestet."

Marie gähnte. „Langsam habe ich auch die nötige Bettschwere. Lasst uns einpacken und reingehen. Wir können ja nicht wie du morgen schön ausschlafen ..."

Als Jule am nächsten Morgen aufstand, war das Haus still. Sie schaute auf die Uhr. Schon halb zehn. Die Zwillinge waren längst in der Schule. Jule hatte geschlafen wie ein Stein und nichts mitbekommen. In der Küche lag eine Nachricht von Eva: „Bin oben im Atelier, fühl dich wie zu Hause!" Daneben fand Jule eine Tüte mit Franzbrötchen und einen Schlüsselbund. Den steckte sie ein und stöberte in den Küchenschränken, bis sie einen Teller, eine Tasse und Teebeutel gefunden hatte.

Sie machte sich einen Früchtetee und biss genüsslich in ein Franzbrötchen. Mmh! Die köstlichen Zimtbrötchen aus Plunderteig gab es zu Hause nicht. Sie schmeckten nach Ferien.

Nachdem sie gefrühstückt hatte, packte Jule eine Badetasche, holte das Fahrrad aus der Garage und radelte zum Weidefelder Strand.

Sie schloss das Fahrrad beim Strandrestaurant „Lobster" ab, schulterte die Tasche und lief zum Strand.

Jule suchte sich ein hübsches Fleckchen für ihr Handtuch, zog Socken und Schuhe aus und stapfte durch den warmen Sand zum Meeressaum. Kaltes Meerwasser leckte über ihre Zehen. Das Gesicht der Sonne zugewandt, schloss sie die Augen und genoss für einen Augenblick das Gefühl, in den nassen, kühlen Sand einzusinken. Dann ließ sie den Blick über das glitzernde Wasser schweifen, während sie noch ein bisschen darin herumwatete und die Nase in den Wind hielt. Na, so lässt es sich doch aushalten, dachte Jule. Dieser Geruch nach Salz, Algen und Meer war einfach das Größte. Jetzt konnte der Prinz auf seinem Pferd mal angeprescht kommen. Auf einem Seepferdchen. Jule musste kichern. Dann doch lieber ganz lässig auf dem Surfbrett. Apropos. Sie sollte dieser Surfschule mal einen Besuch abstatten. Surfschule! Definitiv! Man musste schließlich Prioritäten setzen. Vielleicht bekam sie ja diesen Jonas zu Gesicht, von dem Marie und Luca gestern gesprochen hatten. Der klang doch eigentlich nicht übel – außerdem konnte sie sich schon mal erkundigen, wann der nächste Schnupperkurs stattfand.

Sie stapfte zurück, trocknete sich die Füße und holte ihr Fahrrad. Dann folgte sie den Wegweisern zur Surfschule.

Diese war in einem kleinen weißen Gebäude mit rotem Dach. Die Tür stand offen und Jule ging zögernd rein. Warum war denn hier keiner? Ob sie mal rufen sollte?

„Hallo?", rief sie zaghaft.

„Hi", sagte plötzlich jemand hinter ihr. Jule erschrak und drehte sich um. Dort stand ein Junge in eng anliegendem grün-schwarzem Neoprenanzug mit kurzer Hose. Er fuhr sich mit der Hand durch die zerzauste sommerblonde Lockenmähne. „Sorry, ich war gerade draußen, die Ausrüstung kontrollieren. Was kann ich für dich tun?"

Himmel, sah der gut aus!

„Äh ... also, ich interessiere mich für einen Schnupperkurs." Jule spürte, wie sie knallrot anlief. Der Typ war ja wirklich Zucker! So was von hammersüß! Am liebsten hätte sie gleich heimlich ein Foto mit dem Handy gemacht und an ihre Freundinnen geschickt.

„Da hast du Glück. In einer halben Stunde fängt der nächste an. Oder ist dir das zu spontan?" Der Junge grinste und sah sie mit seinen blauen Augen so intensiv an, dass ihre Knie weich wurden.

Nein, natürlich war Jule total spontan und locker und jederzeit zu allen Schandtaten bereit – zumindest sollte er das glauben.

„Na ja, also, brauche ich denn irgendeine spezielle Ausrüstung oder so?“, fragte Jule.

Ihr Gegenüber schüttelte den blonden Lockenkopf. „Nicht für den Schnupperkurs. Wir machen erst einmal eine Menge Trockenübungen. Ich zeig euch zum Beispiel, wie man richtig auf dem Brett steht und wie man das Segel aufholt. Dann erst probieren wir das Ganze im Wasser. Hast du Badesachen bei dir?“

Jule nickte und klopfte auf ihre Tasche.

„Fürs Erste reicht das. Wenn du länger auf dem Brett stehst, kann es schnell kalt werden. So superwarm ist die Ostsee ja nicht. Auf die Dauer unterkühlst du schnell, gerade als Anfänger. Da liegst du mehr im Wasser, als dass du auf dem Brett stehst.“ Er lachte.

„Ja dann ... okay! Kann ich meine Sachen irgendwo einschließen?“, wollte Jule wissen.

„Klar. Lass sie einfach hier. Wenn wir gleich zum Strand runtergehen, schließe ich ab. Ich bin übrigens Jonas – ich werde den Kurs leiten.“

Das weiß ich doch, dachte Jule, ließ sich aber nichts anmerken und unterdrückte ein Grinsen.

„Ich bin Jule.“

„Machst du hier Ferien?“, fragte Jonas.

„Ja. Ich wohne bei meiner Patentante. Eva Freymuth. Vielleicht kennst du sie.“

„Klar, ich kenne die Freymuth-Zwillinge. Die haben bei mir den Grundkurs Windsurfen gemacht. Die dürften in deinem Alter sein, oder?“ Jonas schaute Jule an, als ob er zu schätzen versuchte.

„Ja, genau. Wir sind quasi zusammen aufgewachsen, bevor sie hierher gezogen sind.“ So langsam kam wieder Sauerstoff in ihrem Gehirn an und sie konnte halbwegs denken. Jule verschwieg lieber, dass sie ein gutes Jahr jünger war als Marie und Luca. Die waren nämlich schon fünfzehn.

„Super. Dann lass uns die anderen Kursteilnehmer einsammeln.“ Jonas begleitete Jule nach draußen, wo bereits zwei ältere Typen – vielleicht so Mitte zwanzig – und eine Frau in Mamas Alter warteten.

„Hallo! Ihr seid für den Schnupperkurs hier, nehme ich an?“, fragte Jonas in die Runde. „Ich bin Jonas, euer Lehrer heute. Vielleicht denkt ihr, dass ich dafür zu jung bin, aber keine Angst, ich stand schon auf dem Board, da konnte ich gerade mal laufen.“ Er lächelte gewinnend. „Dann wollen wir auch gleich mal mit der wichtigsten Lektion anfangen – wie transportiere ich die Ausrüstung? Kommt ihr mit?“

Die Gruppe folgte Jonas zu dem Gebäude der Surfschule, wo zwei Surfbretter und zwei Segel darauf warteten, zum Strand gebracht zu werden.

Während Jonas alles über Boards, Riggs und Finnen erzählte und wie man sie unfallfrei über den Strand schleppte, hing Jule an seinen Lippen. Jonas war der Hammer! Danke, danke, danke, Madame Cassandra!

Am Strand fing die eigentliche Surfstunde an. Nicht mal auf dem Trockenen schaffte es Jule auf Anhieb, das Segel mit dem Startschot aufzuholen, aber Jonas war geduldig. Jule sah ihm aufmerksam zu, wie er die richtige Technik vorführte. Dabei registrierte sie begeistert das Tribal-Tattoo auf seiner braun gebrannten, muskulösen Wade. Das war eindeutig das Zeichen! Er war garantiert ihr tätowierter Traumprinz. Denn noch näher am großen Wasser ging nun wirklich nicht!

Der muss ziemlich coole Eltern haben, dachte Jule. Mit siebzehn schon ein Tattoo – meine Eltern würden mich eher enterben! Aber klar. Surfer halt.

Nach den Trockenübungen ging es endlich ins Wasser, wo sie abwechselnd probierten, das Segel aufzuholen. Jule hatte gerade das Gefühl, dass sie den Dreh langsam raushatte, da war die Schnupperstunde auch schon zu Ende.

„Schade – ich hätte gerne noch weitergemacht“, sagte sie, während sie gemeinsam mit Jonas das Brett zurück zur Surfschule trug.

„Kannst du ja. Wie lange bist du denn hier?“

„Zwei Wochen“, entgegnete Jule. Sie legten das Brett ab.

„Na ja, für den Grundkurs ist das ein bisschen knapp. Aber ich kann dir ein paar Einzelstunden geben – ich mach auch einen Sonderpreis, weil die Zwillinge dich empfohlen haben."

„Wow, danke! Das wäre echt cool! Diese Woche hänge ich sowieso allein rum. Die Zwillinge haben noch Schule." Jule stutzte. „Und du nicht?"

Jonas lachte und schüttelte den Kopf.

„Heute zum Glück nicht. Ich hab letztes Jahr den Abschluss gemacht. Ich hab aber noch keinen Ausbildungsplatz. Bisher hatte ich noch keinen Bock, mir einen zu suchen. Ich würd gern was in Richtung Tourismus und Eventmanagement machen. Mal schauen, vielleicht Tourismuskaufmann. Leider bin ich noch schulpflichtig, also muss ich in so eine blöde berufsvorbereitende Maßnahme. Zum Glück nur zwei Tage die Woche. Den Rest der Woche helfe ich in der Surfschule aus. Um den Ausbildungsplatz kümmere ich mich, wenn die Saison vorbei ist."

„Tourismuskaufmann klingt doch super", fand Jule.

„Schon, aber wer hat Lust, bei dem astreinen Wetter Bewerbungen zu schreiben? Also warte ich damit bis zum Winter und muss so lange eben in diese bescheuerte Maßnahme."

Jule hätte gern noch länger mit Jonas gequatscht, also atmete sie tief durch und nahm all ihren Mut zusammen.

„Sag mal, bist du heute Abend bei der Eröffnungsfeier des Piratenfestivals? Da soll eine super Stimmung sein."

„Klingt gut. Leider bin ich bei einem Kumpel eingeladen. Der hat Geburtstag. Mal sehen, wie es so läuft. Vielleicht kommen wir später am Abend noch vorbei." Er lächelte und seine Augen glitzerten im Sonnenlicht. Jule versuchte zu erkennen, welche Farbe sie hatten, ohne allzu auffällig hinzustarren. Graugrün? Grünbraun? „Vielleicht seh ich dich ja da. Ansonsten – morgen um elf Uhr habe ich noch nichts. Eine Kundin hat ihre Stunde abgesagt, weil sie krank ist. Komm einfach vorbei."

Jule fühlte, wie wieder die Röte in ihre Wangen schoss. Sie konnte nur hoffen, dass Jonas ihre roten Apfelwangen auf die Sonne zurückführte.

„Super. Bis dann", presste sie hervor.

Wer die Wahl hat, hat die Qual

Jules Herz schlug Purzelbäume, während sie vom Strand zurück nach Hause radelte. Sie hätte platzen können. Das fing doch schon mal richtig gut an. Jonas war perfekt. Niemand konnte besser auf Madame Cassandras Prophezeiung passen.

Und das Beste war, dass Jonas sich mit ihr verabredet hatte. Vielleicht würde sie ihn sogar gleich heute Abend noch treffen. Sie musste sich später unbedingt ein bisschen aufbrezeln. Schließlich war sie jetzt offiziell ein Jahr älter. Ob sie die Zwillinge einweihen sollte, damit sie sich nicht aus Versehen verplapperten?

Nein, lieber nicht. Höchstens Marie. Das war doch eher Mädchensache. Luca würde sie nur damit aufziehen.

Um kurz nach zwei kamen die Zwillinge nach Hause und sie aßen gemeinsam zu Mittag.

„Na, Jule? Wie war dein erster Ferientag?", erkundigte sich Eva. „Bist du am Strand gewesen?"

„Ja. Ich bin mit dem Fahrrad nach Weidefeld gefahren."

„Warst du bei der Surfschule?", wollte Marie wissen und zwinkerte Jule wissend zu.

„Eigentlich wollte ich mich nur erkundigen, wann die nächste Schnupperstunde stattfindet, aber dann konnte ich direkt eine halbe Stunde später anfangen", entgegnete Jule und bemühte sich um einen neutralen Gesichtsausdruck.

„Hat es dir gefallen?", fragte Eva.

„Ja! Es war toll! Ich habe richtig Lust bekommen, Surfen zu lernen", schwärmte Jule. „Bei der Schnupperstunde lernt man ja erst einmal nur die Grundlagen. Wir waren nur ganz kurz richtig auf dem Wasser." Sie schaute zu Luca rüber, der aber ganz vertieft in seine Linguine zu sein schien und mit Hingabe die Kirschtomaten herauspickte.

Nach dem Abendbrot ging Jule duschen und machte sich zurecht. Sie entschied sich für ein blau-weiß gestreiftes Trägertop und lange Jeans. Es war zwar noch warm draußen, aber später würde es bestimmt deutlich auffrischen. Sicherheitshalber packte sie eine Jacke ein.

„Tadaaa! Gruppenzwang! Jetzt verkleiden wir uns", verkündete Marie, als Jule in ihr Zimmer kam. Sie hatte ein paar Piratentücher für die Haare und Schminkstifte gekauft, mit denen sich die beiden Mädchen Totenköpfe auf die Wangen malten.

„Ist das nicht ein bisschen albern?“ Jule runzelte die Stirn.

„Klar, total. Aber untersteh dich, den wieder abzuwischen. Ich hab mir so viel Mühe gegeben.“ Marie kicherte. „Sonst mal ich dir einen Bart.“

„Geh mir bloß weg!“ Jule lachte und schob Marie zur Seite. „Na dann! Alles klar zum Entern!“

Die drei schwangen sich auf die Fahrräder und radelten in die Stadt. Alles war bereits festlich geschmückt, eine große Bühne aufgebaut und etwas weiter hinten standen Bierbänke und Tische, an denen man essen und trinken konnte, während man das Bühnenprogramm verfolgte. Schon von Weitem waren Gelächter und Musik zu hören.

Rechts und links der Bühne waren zwei große Leinwände aufgebaut, auf denen das Programm übertragen wurde. Eine lokale Band spielte, während sich der Platz langsam füllte. Die meisten Plätze an den Biertischen waren bereits besetzt. Wie immer hatten Marie und Luca bei ihrer Körpergröße den besseren Überblick. An einem Tisch entdeckten sie ihre Klassenkameraden und steuerten, Jule im Schlepptau, auf sie zu.

„Hey! Habt ihr es doch noch geschafft? Quetscht euch einfach irgendwo dazwischen.“ Ein hübsches Mädchen mit langen braunen Haaren war aufgestanden und winkte sie zu sich an den Tisch. Sie drehte sich zu ihrem Sitznachbarn. „Rück doch noch mal ein Stück auf! Luca, du kannst neben mir sitzen."

Luca zögerte kurz. Er hatte sich gerade ans Ende der Bank neben einen Jungen mit pechschwarzem Haar setzen wollen. Dann setzte er sich neben das Mädchen, das sofort auf ihn einredete.

„Das ist übrigens Jule", versuchte Marie das Stimmengewirr und die Band zu übertönen. „Sie ist so etwas Ähnliches wie unsere Cousine."

„Hier Jule, neben mir ist noch frei." Der Junge mit den schwarzen Haaren klopfte auf den Platz neben sich. Marie quetschte sich zwischen zwei ihrer Freundinnen. Die eine, Tina, kannte Jule noch von einem der früheren Urlaube. Jule fühlte sich ein wenig fehl am Platze zwischen all den fremden Gesichtern, setzte sich aber schließlich zu dem schwarzhaarigen Jungen auf die Bank. Er hatte ein ansteckendes Lächeln und freundliche braune Augen – zumindest eines, denn das andere wurde von einer Augenklappe bedeckt. Seine Haare waren an den Seiten kurz und oben zu einer verwuschelten Tolle aufgetürmt, die aussah, als ob er gerade erst aus dem Bett aufgestanden wäre. Um die Stirn hatte er sich ein rotes Tuch gebunden. Für einen kurzen Moment spürte Jule ein Kribbeln in ihrem Nacken, als er sich zu ihr drehte. Farbe auf der Haut! Mit einem schwarzen Schminkstift hatte er sich ein falsches Spitzbärtchen gemalt. Jule sah sich um. Na toll! Da war er natürlich bei Weitem nicht der Einzige. Viele hier hatten sich mit Kajalstift die Augen umrandet wie Jack Sparrow, Totenköpfe auf die Wangen oder Bärte ins Gesicht gemalt. Einige hatten richtig aufwendige Kostüme. Dagegen war ihre Verkleidung der reinste Sparwitz. Trotzdem, vielleicht war es ein Zeichen – immerhin hatte er ihr den Platz reserviert.

„Ich bin übrigens Mats", stellte der Junge sich vor.

„Hi Mats! Du hast dir jetzt nicht allen Ernstes einen Bart gemalt, oder?" Sie grinste frech.

„Musste ich ja. Du weißt doch, auf Stahl wachsen keine Haare."

Jule lachte. „Du hast ein Stahlkinn?"

„Sicher. Willst du mal fühlen?" Mats reckte ihr das Kinn entgegen. Jule schüttelte lachend den Kopf. „Nein, danke. Ich glaub es dir auch so."

„Na hör mal, der Letzte, der mir einen Kinnhaken verpassen wollte, hat sich jeden einzelnen Finger gebrochen."

Mats grinste.

„Außerdem solltest du nicht so frech sein, wenn ich dir einen Drink spendieren soll."

„Wer sagt denn, dass du das sollst?" Jule legte den Kopf schräg.

„Na ich. Was möchtest du trinken?"

„Eine Cola, bitte."

„Kommt sofort." Mats lächelte gewinnend und stand auf, um zum Getränkewagen zu gehen.

Als Jule ihm nachschaute, streifte ihr Blick Marie. Die grinste breit und wackelte mit der Hand in der Luft, als wollte sie sagen: „Da geht noch was."

Luca schaute mit zusammengezogenen Brauen zwischen den beiden Mädchen hin und her und versuchte zu verstehen, was da lief, während das braunhaarige Mädchen weiter auf ihn einredete.

Kurze Zeit später stellte Mats zwei Gläser auf dem Tisch ab und schwang sich elegant über die Bank, wobei er sich auf den Schultern der Mädchen abstützte.

Tina lachte. „Ich glaube, Mats legt sich gerade mächtig ins Zeug, um dich zu beeindrucken."

Dieser kommentierte die Bemerkung nicht weiter, sondern lächelte charmant und schob Jule eins der Gläser zu.

Mats schien wirklich nett zu sein. Womöglich war er der Junge, den das Schicksal für Jule vorgesehen hatte? Aber was war dann mit Jonas? Farbe auf der Haut und großes Wasser – das konnte sich in der Tat auf beide beziehen. Und wenn sich Jule hier so umsah, auch auf eine ganze Reihe anderer männlicher Wesen.

Herz sieht besser wie Auge. Als ob das wirklich so einfach wäre. Mein Herz hat es jedenfalls nachweislich nicht drauf.

Sonst hätte es nicht so lange für Florian geschlagen, dachte Jule. Ich muss also genau prüfen und gut überlegen.

„Du wohnst also bei Marie und Luca? Wie lange bleibst du denn?“, wollte Mats wissen.

„Zwei Wochen.“ Jule nippte an ihrer Cola.

„Warst du schon mal hier zu Besuch?“, fragte Mats und nahm ebenfalls einen Schluck Cola.

„Ja, schon öfter. Aber das ist schon ein paar Jahre her“, entgegnete Jule.

„Schade.“ Mats zog einen gespielten Schmollmund. „Ich dachte, ich könnte dir vielleicht die Gegend zeigen.“

Jule spürte, wie ihre Wangen prickelten und warm wurden. Warum fiel ihr plötzlich nichts Schlagfertiges mehr ein? Sie lächelte nur.

„Aber vielleicht können wir einfach mal zusammen zum Strand fahren, was hältst du davon?“ Mats ließ sich offenbar von ihrem Schweigen nicht abschrecken.

„Klar, gerne. Hört sich gut an.“

„Wie findest du die Band?“ Mats deutete mit dem Kopf hinüber zur Bühne.

„Ganz okay. Ehrlich gesagt habe ich nicht richtig hingehört. Ich war zu abgelenkt.“ Jule zupfte an ihrem Piratentuch.

„Kein Wunder. Du sitzt ja auch neben dem charmantesten Piraten zwischen Flensburg und Kiel.“

Tina prustete ihre Cola auf den Tisch. Mats grinste. „Oh … komm mit, die Piratenshow geht gleich los. Wir sollten versuchen, möglichst weit nach vorne zu kommen."

Eine halbe Stunde später standen sie dicht gedrängt vor der Bühne, auf der ein Piratenschiff aufgebaut war. Sie beobachteten fasziniert, wie die Piraten sich erbitterte Schwertkämpfe lieferten und Akrobaten in der Takelage die gewagtesten Kunststücke vollführten. Die Vorführung endete mit einer irren Feuershow. Drei Piraten jonglierten mit brennenden Poi und Keulen und spien meterhohe Feuerwolken in den Himmel. Als Schlusshighlight feuerte das Piratenschiff seine Kanonen ab und es regnete Goldmünzen aus Schokolade und Konfetti auf die Zuschauer. Die Stimmung war unglaublich. Jule, Mats und seine Freunde stürzten sich auf die Schokoladentaler.

„Mylady? Euer Freibeuter hat Gold für Euch geraubt." Mats machte eine galante Verbeugung und drückte Jule seine Beute in die Hand. Oh Mann! Der legte sich aber echt ins Zeug. Und er war auch irgendwie ziemlich süß und charmant. Was für ein Dilemma! Woher sollte sie wissen, welcher nun ihr Traumprinz war? Zu gerne wollte Jule Mats näher kennenlernen, um sich ein besseres Bild von ihm machen zu können. Zu blöd, dass Jonas jederzeit auftauchen konnte. Tja, Madame Cassandra, das haben

Sie wohl nicht kommen sehen, was? So ein Durcheinander!

Immer wieder reckte Jule sich auf die Zehen und hielt nach Jonas Ausschau. Einerseits wollte sie ihn unbedingt wiedersehen, andererseits war Mats auch ein interessanter Typ. Witzig, schlagfertig – und er hatte echt tolle Augen. Bloß wenn Jonas sie jetzt mit Mats sah, würde er womöglich denken, sie wären zusammen. Und wenn sie sich Jonas gegenüber zu interessiert zeigte, würde vielleicht Mats abspringen. Gott, war das alles kompliziert! Sie wollte schließlich keinen der beiden so schnell von der Angel lassen. Irgendwann musste ihr blödes Herz ihr ja mal ein eindeutiges Zeichen geben. Wenn man seinem Seelenverwandten begegnete, das musste man doch wohl deutlich spüren.

„Warte mal, du hast da was." Mats streckte den Arm aus und fasste hinter Jules Ohr. Er grinste und reichte ihr einen weiteren Goldtaler. „Hier, für dich."

Jule prustete. Der ließ aber wirklich nicht locker. „Also, wenn du jetzt so ein Endlos-Taschentuch oder einen Strauß Papierblumen aus deinem Ärmel zauberst, schreie ich!"

Mats lachte. „Nein nein, keine Angst. Das ist der einzige billige Zaubertrick, den mir mein Onkel gezeigt hat. Du hättest aber wenigstens so tun können, als wärst du beeindruckt."

„Okay, Moment." Jule plinkerte mit den Augenlidern. „Nein! So was kannst du? Ich bin überwältigt! Du Supermann!"

„Na, das klingt doch schon etwas besser. Wir arbeiten da noch dran." Mats grinste und legte Jule den Arm um die Schulter.

„Mann! War das eine Hammer-Show?" Mats war immer noch völlig aus dem Häuschen. „Am genialsten war die Feuerjonglage. Ich meine natürlich – für so Amateure wie die grünen Jungs da auf der Bühne. Ich hab natürlich noch viel krassere Sachen drauf." Er lachte. „Du, aber im Ernst. Ich muss leider gleich los, sonst machen meine Eltern Stress, weil morgen Schule ist."

Jule prustete. „So so, der wilde Herr Freibeuter kriegt Ärger mit seiner Mami."

„Na klar. Wusstest du das nicht? Wir fürchten weder Tod noch Teufel. Aber Mama? Das ist was ganz anderes."

„Schon klar." Jule lachte. „Aber ich kenne das. Wir mussten meiner Tante auch versprechen, dass wir direkt nach Hause fahren. Dabei kann ich morgen ausschlafen."

„Mach mich nicht neidisch!" Mats grinste und zückte sein Handy. „Gibst du mir vorher noch deine Handynummer? Dann melde ich mich noch einmal, wegen Strand."

„Klar … super. Gerne." Jule diktierte ihm die Nummer, verabschiedete sich von Mats und quetschte sich dann durch die Menge Richtung Toilettenwagen.

Als sie zurückkam, waren Mats, Tina und einige der anderen schon gegangen. Die Zwillinge warteten beim Fahrradständer und das braunhaarige Mädchen, das Mats ihr als Anna-Lena vorgestellt hatte, hing immer noch an Luca wie eine Klette.

„Können wir?“, fragte Luca, als Jule zu ihnen kam. Er verabschiedete sich von Anna-Lena, und die drei machten sich daran, die Fahrräder loszumachen.

„Mats hat mich gefragt, ob du einen Freund hast.“ Marie grinste breit. „Du scheinst ihn ja mächtig beeindruckt zu haben.“

Jule lachte beschämt.

Marie grinste. „Scheint so, als hättest du einen Verehrer, Jule. Mats ist ein echt Netter. Wie findest du ihn denn?“

„Äh ... ganz nett so weit. Ich ... wir ... kennen uns ja noch nicht lange.“ Jule war es unangenehm, vor Luca über Jungs zu sprechen.

„Ist das dein Ernst, Marie?“, mischte Luca sich auch prompt ein. „ Mats und Jule?“

„Warum nicht? Mats ist doch echt süß und total in Ordnung“, verteidigte sich Marie.

„Na ja, wenn man auf Fußball, Metal-Mucke und Ballerspiele steht ...“ Luca schüttelte den Kopf und grinste.

Sie schoben die Fahrräder zur Straße. Jule wollte sich gerade auf den Sattel schwingen, als sie einen durchdringenden Pfiff hörte.

„Hey! Jule! Warte!"

Sie drehte sich um. Jonas. Er saß ebenfalls auf dem Fahrrad und hatte die Beine auf den Boden gestellt. Jules Herz schlug sofort schneller. Er sah einfach verteufelt gut aus in Jeansshorts und engem, schwarzem T-Shirt, über das er lässig ein schwarz-weiß kariertes Hemd geworfen hatte.

„Ich hatte gehofft, dass ich dich auf dem Weg nach Hause vielleicht noch erwische. Hi Marie. Hi Luca. Na? Geile Party hier, oder?"

„Absolut." Luca reckte den Daumen hoch. Dann wandte er sich an Jule. „Du, wir sollten wirklich langsam los, sonst gibt es Ärger."

Jule sah, wie Marie ihrem Bruder unauffällig einen kleinen Rippenstoß versetzte, und hoffte, dass Jonas es nicht bemerkt hatte.

„Wir können doch schon mal ein Stück vorgehen. Wir schieben einfach. Du holst uns dann ein."

„Prima. Ich komm sofort nach", versprach Jule, lehnte ihr Fahrrad an einen Pfeiler und ging zu Jonas.

„Sorry, dass ich nicht früher kommen konnte. Meine Kumpels hatten keine Lust, noch loszufahren." Er zuckte die Schultern.

„Ach, schon okay." Jule steckte die Hände in die Gesäßtaschen ihrer Jeans und kickte mit der Fußspitze ein Steinchen zur Seite. Sie überlegte krampfhaft, was sie sagen sollte. Sonst war sie nicht auf den Mund gefallen, aber Jungs gegenüber hatte sie immer Angst, dass sie total bescheuert rüberkam. Bei Luca war das natürlich etwas anderes. Der zählte nicht. Den hatte sie schließlich schon gekannt, als er noch in peinlichen Strickstrumpfhosen herumlief.

„Wie ... äh ... wie war denn die Party?", erkundigte sie sich.

„Ganz okay. War aber keine große Sache, nur ein paar Freunde, ein paar Bier und Chips. Nichts Spektakuläres." Das klang so beiläufig, wie er das sagte mit dem Bier. Klar, Jonas war schließlich schon siebzehn und durfte ganz offiziell Bier trinken. Da war das keine große Sache mehr. Jule fand, er wirkte unheimlich erwachsen.

„Sehen wir uns dann morgen zum Surfen?" Jonas deutete mit dem Kopf in Richtung Marie und Luca, die schon die Straßenecke erreicht hatten. „Nicht dass du wegen mir noch Ärger mit deiner Tante bekommst."

„Klar, elf Uhr, richtig?" Natürlich wusste Jule noch ganz genau, wann sie verabredet waren, aber es kam cooler rüber, wenn sie klang, als hätte sie es sich nicht sofort gemerkt.

„Genau. Am besten bist du ein bisschen früher da. Dann schauen wir mal nach einem Wetsuit für dich. Wir haben immer ein paar da für die Kurse." Er schaute abschätzend an ihr herunter. „Ich bin sicher, da ist was Passendes bei. Größe M, schätze ich. Vielleicht auch S."

Jule wurde unter seinem prüfenden Blick ganz kribbelig.

„Cool … also, dann … äh. Bis morgen."

„Bis morgen. Ich freu mich." Jonas grinste und stellte einen Fuß aufs Pedal. „Also dann …"

Jule schwang sich in den Sattel und radelte hinter Marie und Luca her. Ihr Herz machte kleine muntere Hüpfer. Jonas war extra ihretwegen noch einmal hergekommen! Das musste doch etwas zu bedeuten haben. So etwas hätte sich Jule absolut nicht träumen lassen, als sie in Madame Cassandras Wohnwagen gesessen hatte. Jetzt war sie gerade einmal zwei Tage hier und hatte bereits zwei Verabredungen mit echt süßen Jungs. Nun musste sie nur noch herausfinden, welchen von beiden Madame Cassandra gemeint hatte.

Jule surft auf Welle sieben

Nach einem ausgiebigen Frühstück packte Jule ihre Sachen und radelte zur Surfschule, wo Jonas sie bereits erwartete. Während Jule sich in den Wetsuit zwängte, wünschte sie sich, nicht so üppig gefrühstückt zu haben. Das Ding war gnadenlos eng.

Auch wenn Jonas nicht müde wurde zu betonen, dass es völlig normal war, wenn man anfangs mehr im Wasser lag als auf dem Brett zu stehen, kam Jule sich schrecklich dumm und ungeschickt vor. Sie kämpfte schwer mit dem unhandlichen Segel und plumpste etliche Male in die Ostsee. Im Gegensatz zu dem Board, das sie im Schnupperkurs benutzt hatten, war dieses wesentlich leichter. Das machte es noch etwas schwieriger, sich darauf zu halten.

„Ich hoffe, ich habe mich nicht allzu dämlich angestellt", sagte Jule, als sie mit dem Board zurück über den Strand stapften. Sie bewunderte, wie Jonas mit dem anderen Arm noch das Rigg am Gabelbaum gepackt hielt und trug. Dabei spannten sich seine Armmuskeln unter dem Neoprenstoff.

„Quark, nee. Überhaupt nicht!“ Jonas legte den Kopf in den Nacken und schüttelte sich das Wasser aus den Haaren. „Du hast das echt gut gemacht. Immerhin hast du schon eine ganz ordentliche Wende hingekriegt.“

Sie legten Board und Rigg ab und betraten das Gebäude der Surfschule. Im Nebenraum pellte sich Jule aus ihrem Wetsuit, brachte ihn Jonas und bezahlte ihre Surfstunde.

„Eigentlich dürfte ich kein Geld für die Stunde nehmen.“ Jonas zwinkerte, als er Jule das Wechselgeld in die Hand drückte.

„Wieso nicht?“ Jule verstaute die Münzen in ihrem Geldbeutel.

„Na, weil es mir so viel Spaß gemacht hat mit dir.“ Jonas strahlte sie an, schloss die Kasse und kam hinter dem Tresen hervor. „Allerdings würde mein Vater mir aufs Dach steigen, wenn ich umsonst Stunden gebe. Aber morgen habe ich frei. Da könnten wir gern zusammen surfen.“ Jonas begann, seinen Oberkörper aus dem schwarzen Neopren zu schälen. Um nicht hinzustarren, tauchte Jule in die Tiefen ihrer Badetasche ab und schaute, ob Nachrichten auf ihrem Handy waren. Inzwischen war Jonas aus seinem Anzug gestiegen und hatte sich ein T-Shirt übergezogen.

„Musst du direkt los oder kann ich dich noch auf ein Eis einladen?“ Jonas nahm die beiden Anzüge über den Arm.

„Äh … klar. Gerne.“ Jule fixierte krampfhaft einen Punkt auf seiner Nase. Es war ihr unangenehm, mit einem Jungen zu plaudern, der nur Badehose und T-Shirt trug. Jonas hatte offenbar keine Komplexe und war nicht schüchtern.

„Ich wasch nur eben die Neos aus und zieh mir ’ne Hose an. Geht ganz schnell. Du kannst auch gern draußen auf mich warten.“ Jonas verschwand mit den beiden Anzügen durch eine Tür, und Jule trat hinaus ins Sonnenlicht. Sie lehnte sich an einen Betonpfeiler, schloss die Augen und ließ ihr Gesicht von der warmen Sommersonne bescheinen. Das Sonnenbad würde ihr leider nur ein paar Sommersprossen mehr einbringen. Von knackiger Sommerbräune konnte Jule mit ihrer blassen Haut nur träumen. Sie nahm allerhöchstens einen hellen Karamellton an, und Jule musste aufpassen, nicht zu verbrennen. Ihr Selbstbewusstsein segelte gerade mit den Möwen hoch oben am blauen Sommerhimmel dahin. Jonas, diese absolute Sahneschnitte, hatte sie zu einem Eis eingeladen und zu einer ganz privaten Surfstunde. Sie – die niedliche, sommersprossige Jule. Besser ging es doch eigentlich gar nicht.

„So, ich bin fertig. Möchtest du dich irgendwo hinsetzen oder lieber ein Eis auf die Hand?“, riss Jonas Jule aus ihren Gedanken.

„Auf die Hand. Das schmeckt mehr nach Urlaub, finde ich."

„Ist auch besser für die Linie als so ein Eisbecher." Jonas klopfte sich mit der Hand auf seinen flachen Bauch. „Wobei – ich als Sportler setz ja zum Glück nicht so schnell an."

Jule zog unwillkürlich den Bauch ein. Ob er Mädchen auch so kritisch begutachtete? Na ja, eigentlich konnte sie mit ihrer Figur ja ganz zufrieden sein.

„Und was machst du so, wenn du nicht gerade surfst?", fragte Jule, als sie zum Eiswagen hinüberschlenderten.

Jonas grinste. „Ich verstehe die Frage nicht."

„Na, ich meinte, ob du sonst noch irgendwelche Hobbys hast", erklärte Jule.

„Das hab ich schon verstanden", lachte Jonas. „Ich wollte damit sagen, dass Surfen mein Leben ist, verstehst du? Es gibt doch nichts Geileres als Wind, Wellen und ein Brett unter den Füßen. Ich will unbedingt mal nach Hawaii. Oder nach Australien. Aber dafür braucht man Geld. Also werd ich mir wohl oder übel einen Job suchen müssen und sparen. Und dann mach ich irgendwann eine Surfschule auf Hawaii auf."

„Na ja, ist vielleicht nicht schlecht, vorher einen anderen Job zu lernen. So als Plan B meine ich." Jule las die Tafel mit den Eissorten.

„Du klingst schon wie meine Mutter!", zog Jonas sie auf.

„Lern erst einmal einen vernünftigen Beruf, dann kannst du immer noch deine Surfschule aufmachen."

„Na danke", schmollte Jule. „Du bist ja charmant!"

„Hey, nicht gleich sauer sein, ja?" Jonas lächelte breit und knuffte Jule. „Ihr habt ja recht. Frauen sind immer so verdammt vernünftig. Na? Hast du dich schon entschieden, was du möchtest?"

„Ich kann mich nicht entscheiden. Die haben ja total geniale Sorten. Beeren-Marshmallow und Mango-Kokos hören sich beide so lecker an."

Das scheint für mich zum Dauerproblem zu werden, dachte Jule belustigt.

„Nimm doch einfach beides", schlug Jonas vor. „In der Waffel oder im Becher?"

„In der Waffel, bitte." Jule verbiss sich ein Grinsen. Wenn der wüsste, dachte sie. Vielleicht sollte sie tatsächlich erst einmal beides probieren. Sie musste sich ja nicht gleich entscheiden und konnte erst einmal in Ruhe beide Jungs näher kennenlernen.

„Ich glaub, ich nehme Schoko-Minze und Stracciatella." Jonas bestellte und reichte Jule ihr Eis.

„Danke schön. Eine Surfschule auf Hawaii klingt jedenfalls traumhaft", nahm Jule den Gesprächsfaden wieder auf. „Ich würde später auch am liebsten die ganze Welt bereisen. Ich mag Fremdsprachen total gern. Aber in der Tourismusbranche möchte ich eigentlich nicht so gern arbeiten. Ich finde es schlimm, wie für riesige Hotels die Natur kaputt gemacht wird. Für mich ist wichtig, dass ich etwas tue, das die Welt besser macht, anstatt immer so weiterzumachen, verstehst du?“

„Hm, schätze schon. Ist ja auch schlimm mit dem ganzen Müll in den Meeren und so. In den USA gibt es einen Typ, dessen Firma stellt Surfboards aus Plastikmüll, alten Fischernetzen, Treibholz und anderem Zeug her, das an den Strand gespült wird. Cool, oder?“

„Ja, das ist auf jeden Fall eine super Geschäftsidee“, fand Jule.

„Tja, Surfer haben eben immer die besten Ideen.“ Jonas zwinkerte ihr zu. „Und sind mit Abstand die gechilltesten Menschen, die auf diesem Planeten herumlaufen. Komm, wir gehen noch ein paar Schritte am Strand, dann zeig ich dir, wo man kiten kann. Hier am Badestrand geht das natürlich nicht. Das wäre zu gefährlich.“

Als Jule nach Hause kam, waren die Zwillinge gerade dabei, zu kochen. Es gab Ofenpfannkuchen mit frischen Beeren. Eva arbeitete in ihrem Atelier.

„Na? Warst du wieder surfen?“ Marie grinste Jule über die Schulter an und schlug ein Ei in die Rührschüssel.

„Ja. Ich hab sogar schon eine ganz passable Wende hinbekommen. Hinterher waren wir noch Eis essen." Jule zog einen der bunt zusammengewürfelten Küchenstühle zurück und setzte sich rittlings darauf, die Unterarme auf die Rückenlehne gelegt.

„Wir? Du meinst du und Robby Naish?" Luca war dabei, ein Backblech mit Butter einzufetten, und sah kurz von seiner Arbeit auf.

„Robby wer?", fragte Jule.

„Robby Naish ist ein berühmter Windsurfer. Mehrfacher Weltmeister", erklärte Marie. „Ich schätze, Luca meinte damit Jonas."

„Haha, Luca." Jule hob die Hand und tat so, als wolle sie Luca schlagen. War ja klar, dass er sie damit aufziehen würde. Doch das konnte ihr die Laune nicht vermiesen. Schließlich hatte sie gerade so etwas wie ein Date mit Jonas gehabt. Okay, Jonas kam von jedem Thema ziemlich schnell wieder aufs Surfen, aber das war nun mal seine große Leidenschaft und die Zeit war auch so schnell verflogen. Kein Wunder bei einem so attraktiven Gesprächspartner.

„Damit war dein Tag bisher aber eindeutig besser als unserer." Marie warf Luca einen vielsagenden Blick zu. „Erzähl Jule mal, was sie hier verpasst hat."

Während Marie energisch mit dem Schneebesen in der Teigschüssel herumfuhrwerkte, brachte Luca Jule auf den neuesten Stand der Ereignisse.

„Mama hat uns regelrecht überfallen, als wir aus der Schule kamen. Sie hat uns hier an den Tisch gesetzt und uns eröffnet, dass Oliver und sie sich nähergekommen sind – als ob wir das nicht schon längst geahnt hätten –, und sie findet, dass wir ihn besser kennenlernen sollten."

„Ach du Schreck. Sie scheint es ja wirklich ernst zu meinen mit dem Typ."

„Ja! Weiß der Henker, warum." Marie rührte so heftig in der Schüssel, dass der Teig beinahe über den Rand schwappte. „Jedenfalls hat Oliver wohl vorgeschlagen, dass wir am Samstag alle zusammen einen Ausflug machen. Toll, oder?"

„Samstag? Aber da kann ich nicht. Da wollte ich mit Mats an den Strand. Er hat mir vorhin eine Nachricht geschickt." Jule fuchtelte mit ihrem Handy in der Luft herum.

„Das nenn ich sportlich, Jule." Luca nahm Marie die Schüssel ab und goss den Teig auf das Backblech. „Gerade zwei Tage hier und schon zwei Typen am Wickel. Soll das ein Guinness-Buch-Eintrag werden?"

„Neidisch?" Jule verdrehte die Augen.

„Bleib mal locker, Luca", mischte sich Marie ein. „Jungs machen das ständig. Abgesehen davon habe ich gestern nicht gesehen, dass du dich mit Händen und Füßen gewehrt hättest, als Anna-Lena sich dir an den Hals geworfen hat wie ein ausgehungerter Vampir. Gleiches Recht für alle. Ist ja nicht so, als ob mit irgendeinem der beiden etwas gelaufen wäre. Also kann Jule tun und lassen, was sie will." Marie drehte sich mit einem triumphierenden Grinsen zu Jule, hob die Hand und ließ sich von ihr eine High Five geben. Danach wurde ihr Gesicht aber gleich wieder ernst. „Allerdings bitte nicht am Samstag. Du kannst uns unmöglich mit diesem Schmierlappen allein lassen, Jule. Kannst du das mit Mats nicht auf Sonntag verschieben?"

„Okay, ich schreib ihm mal", verkündete Jule und begann, auf ihrem Handy herumzutippen.

Marie horchte auf und legte den Finger an die Lippen. Schritte waren auf der Treppe zu hören und kurz später klopfte jemand am Türrahmen.

„Klopf, klopf! Ich hoffe, ich störe nicht."

Marie schwang herum. „Ach, du bist es. Jens, das ist unsere Freundin Jule – Jule, das ist Jens. Olivers Bruder."

Der große, blonde Mann streckte Jule die Hand zur Begrüßung hin. Marie hatte nicht übertrieben. Er sah für sein Alter wirklich ganz gut aus. In Jeans und T-Shirt, mit den strubbeligen hellen Haaren und seinem Dreitagebart wirkte er auf jeden Fall jünger und lässiger als sein Bruder.

„Ich war gerade bei Oli zu Besuch und dachte, ich schau mal kurz rein. Eva und Oli hatten gerade mal wieder ganz dringende geschäftliche Angelegenheiten zu besprechen." Er grinste. „Na? Wie läuft es denn bei euch? Sind schon Ferien?"

„Leider nein", seufzte Luca. „Erst morgen nach der dritten Stunde."

„Ach, das ist ja nicht mehr lang. Zähne zusammenbeißen und durch! Oder habt ihr was zu befürchten, wenn es Zeugnisse gibt?" Er lachte und pickte eine Blaubeere aus der Schüssel. „In den Ferien müsst ihr mich mal besuchen kommen, dann zeig ich euch mein Atelier. Vielleicht können wir auch mal eine Runde mit meinem Motorrad drehen – muss eure Mum ja nicht wissen."

„Echt? Mann, ich wollte immer schon mal Motorrad fahren! Wir kommen auf jeden Fall vorbei." Marie schob das Backblech in den Ofen. „Möchtest du zum Essen bleiben? Dann mache ich noch ein bisschen mehr."

„Nein, vielen Dank. Ich bin zum Training verabredet. Aber vielleicht ein anderes Mal. Und wenn ihr mich besuchen möchtet, ruft einfach vorher durch, ob ich zu Hause bin. Ciao!" Jens winkte fröhlich und verließ das Haus.

„Der ist wirklich nett", fand Jule. „Nicht so steif wie Oliver."

„Sag ich doch." Marie klaubte eine Erdbeere aus der Schüssel. „Er würde viel besser zu Mama passen."

„Ist der nicht ein bisschen zu jung für Mum?" Luca blickte skeptisch drein. „Jens ist doch locker zehn Jahre jünger als Oliver."

„Na und? Wer sagt denn, dass die Frau immer jünger sein muss als der Mann? Mama ist doch jung geblieben und sieht noch richtig gut aus. Warum sollte sie nicht einen jungen, knackigen Mann verdient haben? Außerdem ist Jens richtig nett. Ich finde, wir sollten versuchen, sie zu verkuppeln."

„Wen wollt ihr verkuppeln?" Die drei hatten nicht bemerkt, dass Eva die Treppe heruntergekommen war.

„Äh ... ach, zwei aus unserer Klasse. Die haben immer noch nicht geschnallt, dass sie total verknallt ineinander sind. Es ist unerträglich", improvisierte Luca.

Eva lachte. Sie schien tatsächlich nicht mehr von dem Gespräch mitgehört zu haben.

„So ist das eben. Manche Leute sind wie füreinander geschaffen und brauchen eine halbe Ewigkeit, es zu merken."

Nächtlicher Schrecken

„Endlich Ferien!“ Mit einem Jauchzer ließ sich Marie rücklings neben Jule und ihren Bruder auf Lucas riesiges Bett fallen. Durch den Ruck schaukelte es sanft hin und her. Zuerst hatten die Zwillinge unter lautem Jubel ihre Schulrucksäcke in die hinterste Zimmerecke verbannt und nun feierten sie den Ferienbeginn mit Limo und Keksen in Lucas gemütlichem Zimmer. Eva und Oliver waren noch unterwegs nach Flensburg. Dort hatten sie irgendeinen Termin mit einem Galeristen.

„Ich hoffe, Mama hat gute Laune, wenn sie später nach Hause kommt.“ Luca knabberte die Zähne von seinem Keks.

„Wieso? Böse Überraschungen bei der Zeugnisausgabe?“, wunderte sich Jule.

„Nichts wirklich Dramatisches. Nur in Mathe ist es dieses Jahr eine Fünf geworden. Aber da kann ich machen, was ich will. Alles, was mit Zahlen oder Formeln zu tun hat, will einfach nicht da oben rein.“ Luca schlug sich mit dem Handballen vor die Stirn. „Ich weiß nicht, wie Marie das macht. Mathe, Physik, Chemie – alles Einsen. Dabei haben wir doch theoretisch dieselben Gene."

Marie grinste und setzte eine näselnde Stimme auf. „Daran merkt man doch wieder, dass du keine Ahnung von Naturwissenschaften hast. Wir sind dizygotische Zwillinge – der Laie spricht auch von zweieiigen Zwillingen. Die haben nicht mehr genetische Ähnlichkeit als jedes normale Geschwisterpaar."

Luca nahm ein Kissen und drückte es Marie sanft aufs Gesicht. „Klugschnacker!"

Marie lachte und schob seinen Arm weg.

„Ach komm. Dafür bin ich in Kunst eine absolute Niete. Ich bin auf dem Niveau kurz hinter Strichmännchen stehen geblieben. Du kommst da echt nach Mum. Jule, du musst dir unbedingt mal seine Bilder angucken. Die sind absolut genial! Hier. Ich hab ein paar Fotos davon auf meinem Handy."

Luca schwang die Beine vom Bett und stand auf, um sich ein Glas Limonade zu holen.

„Echt? Zeig mal!", sagte Jule interessiert.

„Marie übertreibt." Luca rieb sich verlegen den Nacken. Er war rot geworden. Offenbar war Jule nicht die Einzige, die angesichts eines Kompliments spontan zur Tomate mutierte.

„Keine falsche Bescheidenheit. Lass sehen." Jule schnappte sich Maries Handy. „Hey, Luca. Die sind wirklich toll! Du wirst bestimmt mal genauso erfolgreich wie deine Mutter."

Luca lächelte und nippte an seiner Limo.

Jule gab Marie das Handy zurück. „Nein, ehrlich. Die sind richtig gut. Aber mal was anderes. Wo soll es morgen denn eigentlich hingehen?"

„Mit dem Raddampfer nach Schleswig zum Bummeln, zum Schloss Gottorf und dann wieder zurück", informierte sie Marie.

„Klingt doch eigentlich ganz nett", fand Jule.

„Schon, aber ich kann mir nicht helfen. Ich mag Oliver einfach nicht. Andererseits ..." Marie kratzte sich an der Stirn. „... ach, egal. Nicht so wichtig."

„Nein, sag ruhig, was denn?", hakte Jule nach.

„Na ja, vielleicht ... Ich habe da gestern drüber nachgedacht. Möglicherweise mag ich ihn allein deswegen nicht, weil er nun mal nicht Papa ist. Versteht ihr, was ich meine?" Marie sah zu ihrem Bruder auf, der am Schreibtisch lehnte und an seiner Limonade nippte.

„Ehrlich gesagt habe ich mir das auch schon überlegt", gab Luca zu. „Vielleicht ist der Ausflug morgen tatsächlich eine ganz gute Gelegenheit, ihn besser kennenzulernen."

„Es kann nicht schaden, ihm eine Chance zu geben", fand Jule. „Trotzdem kann ich euch verstehen. So richtig sympathisch war er mir auch nicht. Irgendwie wirkt er so gekünstelt und ziemlich steif. Aber vielleicht muss er das – als Kunstagent. Keine Ahnung. So wie ein Banker. Insgesamt schien er mir aber kein unangenehmer Typ zu sein. Schon möglich, dass man nur mit ihm warm werden muss."

„Okay. Dann nehmen wir ihn morgen einfach noch einmal genau unter die Lupe und du bist unsere neutrale Beobachterin", beschloss Luca. „Du bist weniger voreingenommen als wir. Schließlich musst du nicht damit rechnen, dass der Typ dein Stiefvater werden könnte."

Jule wälzte sich auf den Rücken. Zur Abwechslung starrte sie nun anstatt an die Wand die Decke an. Sie angelte ihr Handy vom Nachttisch und schaute zum gefühlt hundertsten Mal auf das Display. Halb drei nachts. Jetzt lag sie schon seit fast einer Stunde wach. Sie wusste nicht, was es war, das sie nicht schlafen ließ. Ob es ihr bevorstehendes Date mit Mats am Sonntag war, die Gedanken an Jonas in seinem hautengen Neoprenanzug oder die Verantwortung, die auf ihr als „neutraler Beobachterin" in Sachen Oliver und Eva lastete. Womöglich hatte sie auch bloß zu viel Cola getrunken. Durch eine Lücke im Vorhang fiel das Licht der Straßenlaternen ein und zeichnete mit den Schatten der Blätter an den Bäumen bizarre Muster an die Wand. Jules Zimmer zu Hause hatte Jalousien. Vielleicht war es auch die ungewohnte Helligkeit, die sie am Einschlafen hinderte. Ein Automotor brummte in der Dunkelheit und verstummte ganz in der Nähe. Das Geräusch einer sich öffnenden Autotür war zu hören und für einen kurzen Augenblick ertönte Rockmusik, dann wurde die Tür mit einem Knall wieder zugeworfen. Jule sah das kurze Aufblinken der Schließanlage. Das Auto musste direkt vor dem Haus auf der Straße geparkt haben. Neugierig schwang sie die Beine aus dem Bett und setzte sich auf. Sie ging zum Fenster und lugte durch die Lücke im Vorhang. Das gab es doch nicht! Es war wie in einem schlechten Film. Nicht weit entfernt von ihrem Fenster irrte der Lichtkegel einer Taschenlampe durch den Vorgarten. Da draußen schlich jemand herum! Jule zog sich hinter den Vorhang zurück und linste vorsichtig zwischen den Stoffbahnen hindurch nach draußen. Der Lichtschein glitt über Rasen und Büsche, an der Hauswand entlang und dann über die Einfahrt. Sie hörte Schritte und sah eine Silhouette hinter dem Lichtkegel, konnte aber nichts Genaues erkennen.

Ein Einbrecher? Ein mulmiges Gefühl breitete sich in ihrem Magen aus. Eine Weile tanzte der Lichtschein noch durch den Vorgarten, dann war er plötzlich verschwunden.

Jule lauschte mit klopfendem Herzen, ob sie Geräusche an Türen oder Fenstern hören würde. Nichts. Stattdessen knallte kurz später erneut eine Autotür, und ein Motor wurde angelassen. Mit wildem Herzflattern drückte sich Jule näher ans Fenster und versuchte, das Auto zu erkennen. Hoffentlich war die Person mit der Taschenlampe nicht noch irgendwo da draußen. Im Schein der Straßenlaternen und der aufleuchtenden Rücklichter konnte Jule kurz einen Autoaufkleber erkennen. Irgendein Wappen.

Sie versuchte, das Nummernschild zu entziffern, doch es wurde zum Teil von der Mauer verdeckt und war zu weit entfernt. Jule kniff die Augen zusammen. Das Einzige, was sie erkennen konnte, war, dass es auf 31 endete.

Langsam beruhigten sich ihr Puls und ihre Atmung wieder. Sie schüttelte den Kopf. Vielleicht hatte sich der Fahrer bloß verfahren und mit der Taschenlampe nach einem Straßennamen oder der Hausnummer gesucht oder jemand hatte etwas am Straßenrand verloren. Entschlossen zog sie den Vorhang zu und kroch wieder ins Bett. Eine Weile lauschte sie noch in die Dunkelheit, doch alles blieb still. Dann war es wohl wirklich so, wie sie bereits vermutet hatte. Ja, so musste es sein. Sie hatte sich vollkommen umsonst verrückt gemacht. Jule gähnte und streckte sich, dann dämmerte sie langsam ein.

Am Samstag standen sie früh auf, frühstückten gemeinsam und packten ihre Siebensachen zusammen. Oliver trug heute Jeans und T-Shirt und sah damit schon weit weniger gestriegelt als sonst aus. Er gab sich während des Frühstücks auch alle Mühe, ein Gespräch mit den Zwillingen zu entspinnen, und bot sich freiwillig zum Abräumen an.

Nach dem Essen stiegen die fünf in Olivers BMW und fuhren los. Sie waren gerade bis zur Ecke gekommen, als Oliver sich an die Stirn fasste.

„Ach, ich Esel! Ich habe mein Portemonnaie liegen lassen."

Er wendete und hielt vor dem Haus.

„Tut mir leid. Ich beeil mich", entschuldigte er sich und lief zum Haus zurück. Einen Augenblick später erschien er wieder und stieg zurück ins Auto.

Er lachte und schüttelte den Kopf. „Na ja, was man nicht im Kopf hat, muss man eben in den Beinen haben."

Der ist aber doch ganz schön nervös, dachte Jule.

Sie mussten noch eine ganze Weile warten, bis der Raddampfer ablegte und gemächlich im Schein der Morgensonne durch das glitzernde Wasser der Schlei pflügte. Die *Schlei Princess* war ein hübsches rot-weißes Passagierschiff mit einem großen, roten Schaufelrad am Heck. Das Schiff hatte zwei Freidecks, auf denen man sich den Wind um die Nase wehen lassen und die Sonne genießen konnte. Jule, Marie und Luca kletterten sofort begeistert die Metallstufen nach oben.

Jule und Marie stürmten zum Heck und lehnten sich über die Reling, um dem großen Schaufelrad dabei zuzusehen, wie es das Wasser umwälzte. Luca legte von hinten den beiden Mädchen seine Arme um die Schultern.

„Na, meine Schlei-Prinzessinnen? Schon seekrank?"

Lachend schüttelten die Mädchen seine Arme ab.

„Quatsch! Wir sind beide seefest. Und wenn überhaupt, sind wir Schlei-Piratinnen", behauptete Jule.

Etwa drei Stunden später legten sie in Schleswig an.

„Ist das nicht schön hier?" Eva machte eine ausladende Geste mit dem Arm, als sie durch die malerische Altstadt bummelten.

„Bei euch im Norden sind die Häuser so klein. Wie eine Spielzeugstadt", lachte Jule. „Aber es sieht hübsch aus. Vor allem mit den vielen Kletterrosen."

„Mama, müssen wir da mit rein?", protestierte Marie, als Eva sie in den St.-Petri-Dom schleppen wollte. „Alte Kirchen finde ich öde und deprimierend."

„Man kann aber doch nicht in Schleswig gewesen sein, ohne sich den Brüggemann-Altar angesehen zu haben. Ihr könnt auch mal eine Dosis Kunst und Kultur vertragen", fand Eva. „Wir müssen ja nicht lange bleiben. Ich würde mir den Dom jedenfalls gerne mal von innen ansehen. Bisher habe ich es nie geschafft."

„Ach, Eva. In dem Alter hattest du auch keinen Sinn für Kirchenkunst“, lenkte Oliver ein. „Passt auf. Ein Vorschlag zur Güte. Ich kenne um die Ecke vom Dom ein ganz gemütliches Café. Da habe ich mich mal mit einem Klienten getroffen. Eva sieht sich in aller Ruhe den Dom an und ich lade euch auf eine Eisschokolade oder ein Stück Kuchen ein.“

Das war doch wirklich nett, dachte Jule. So übel war Oliver eigentlich gar nicht. Vielleicht musste man nur erst mit ihm warm werden. Eva jedenfalls strahlte. Anfangs hatte sie etwas angespannt gewirkt, jetzt schien sie zufrieden mit dem Verlauf ihres Ausflugs.

Es war Jule nicht entgangen, dass die Zwillinge skeptische Blicke getauscht hatten, doch dann hatten sie zugestimmt. Vielleicht war dies auch für sie eine gute Gelegenheit, Oliver einmal auf den Zahn zu fühlen.

Jule bemühte sich, das Eis zu brechen.

„Das war eine prima Idee von Ihnen. Eisschokolade schlägt den Dom auf jeden Fall!“

„Sagt doch bitte Du und Oliver. Sonst komme ich mir schrecklich alt vor.“ Er warf einen unsicheren Seitenblick auf die Zwillinge, die so taten, als wären sie vollkommen in die Eiskarte vertieft.

Oliver konnte einem fast leidtun. Mit den beiden hatte er es auch wirklich nicht ganz leicht. Allerdings konnte Jule auch die Zwillinge verstehen. Es war sicher nicht einfach, jemand Neues in sein Leben zu lassen. Man konnte jemanden ganz in Ordnung finden, aber ob man ihm auch unbedingt jeden Tag am Frühstückstisch begegnen wollte, war noch eine ganz andere Frage.

„Danke jedenfalls, dass Sie ... äh ... du uns gerettet hast." Jule grinste.

„Ehrensache. Außerdem mache ich mir ehrlich gesagt auch nicht so viel aus alten Kirchen. Ich interessiere mich mehr für moderne Kunst."

„Luca malt auch, wusstest du das?", versuchte Jule einen Anknüpfungspunkt zu finden.

„Wirklich? Nein, das wusste ich nicht." Oliver lehnte sich vor. „Erzähl doch mal, Luca."

Luca schien zunächst wenig begeistert, mit Oliver über seine Bilder zu plaudern. Doch nach einer Weile hatte er sich offenbar warmgeredet. Oliver hörte interessiert zu und ließ sich von Marie die Fotos auf dem Handy zeigen.

„Hey! Du hast wirklich Talent", fand Oliver. „Vielleicht solltest du über ein Kunststudium nachdenken."

Luca lächelte zaghaft. „Mal sehen. Ist ja noch eine Weile hin. Jetzt möchte ich einfach erst einmal die Schule hinter mich bringen."

„Und wenn du dann einen Agenten brauchst, weißt du ja, wo du einen findest."

Als schließlich das Eis vor ihnen auf dem Tisch stand, schlug Oliver vor, Eva mit ein paar Selfies neidisch zu machen.

„Damit sie sieht, was sie hier verpasst."

Sie alberten herum und machten Grimassen und langsam kam auch Marie etwas aus sich heraus. Vielleicht wird es ja doch noch etwas mit den dreien, dachte Jule.

Nachdem Eva sie im Café abgeholt hatte, machten sie noch einen Rundgang durch Schloss Gottorf. Die Stimmung war locker und gelöst und die Zwillinge schienen nun auch bereit, Oliver eine Chance zu geben.

Beinahe hätten sie den letzten Bus zurück zum Hafen verpasst, doch Oliver war mit seinen langen Beinen vorgerannt und hatte sich heldenhaft im letzten Moment in die sich schließende Bustür geworfen, was der Fahrer überhaupt nicht witzig fand. Um halb sechs waren sie wieder an ihrem Startpunkt und bummelten noch ein wenig am Hafen entlang.

„Hey! Wer hat Lust auf Fischbrötchen?", rief Oliver, als sie an der alten Räucherei vorbeikamen. „Hier gibt es nämlich die allerbesten weit und breit."

Jule war absolut kein Fisch-Fan, doch zum Urlaub an der See gehörte es einfach dazu.

So saßen sie kurze Zeit später in der Abendsonne auf der Kaimauer, ließen die Beine baumeln und genossen ihre Fischbrötchen, die herrlich nach Ferien und Meer schmeckten.

Jule zog im Kopf ihr Fazit als neutraler Beobachter. Oliver hatte auf sie bemüht und freundlich gewirkt. Und als die Zwillinge schließlich etwas aufgetaut waren, war Oliver deutlich anzumerken gewesen, dass er erleichtert war. Bestimmt hatte er bei Marie und Luca einen guten Eindruck machen wollen und war deswegen anfangs etwas nervös gewesen. Jetzt wirkte er locker und gut gelaunt, beinahe schon etwas aufgedreht. Es war ihm offenbar wichtig, was die Zwillinge von ihm hielten, und das konnte eigentlich nur bedeuten, dass er Eva sehr mochte und es ihm ernst war.

Es war vermutlich nicht, was die Zwillinge hören wollten, aber Jule konnte an Oliver nichts Schlimmes entdecken. Vielleicht hatte sich Maries Bauchgefühl einfach in ihm getäuscht.

Ausgeraubt!

Satt, sonnengerötet und erschöpft erreichten sie schließlich das Haus und stiegen aus. Eva kramte in ihrer Handtasche nach dem Schlüssel und öffnete die Haustür. Jule, die sich gerade darüber ärgerte, dass sie auf dem Schiff nicht noch einmal zur Toilette gegangen war, trat unruhig von einem Bein aufs andere und beeilte sich, hinter Eva ins Haus zu schlüpfen. Doch im Flur prallte sie gegen Eva, die plötzlich abrupt mitten in der Bewegung stehen geblieben war.

„Aua!", rief Jule. Eva hatte die Hände vor den Mund geschlagen und starrte ins Wohnzimmer. Jule vergaß über den Schreck fast, wie nötig sie zur Toilette musste. „Was ist? Ist etwas passiert?"

„Einbrecher!", keuchte Eva. Mehr brachte sie nicht heraus. Sie stolperte ins Wohnzimmer und sah sich um. Marie, Luca, Oliver und Jule folgten ihr und betrachteten entsetzt die Bescherung. Schubladen waren herausgerissen und ihr Inhalt auf dem Boden verteilt worden, Schranktüren standen offen und Papiere lagen überall verstreut. Die Stehlampe aus einer alten Trockenhaube war umgekippt und der Kunststoff zersprungen. Eva stand inmitten des Chaos und starrte mit vor Entsetzen geweiteten Augen und offenem Mund auf die zwei hellen Rechtecke an der Wand über den Sofas, wo tags zuvor noch ihre „Zwillingsseelen“ gehangen hatten.

Oliver war hinter sie getreten und hatte ihr sanft eine Hand auf die Schulter gelegt. Eva schien völlig erstarrt. Sie hatte die Hände vor den Mund geschlagen und Tränen liefen ihre Wangen herunter. Oliver nahm sie in den Arm, um sie zu trösten.

Betreten sahen sich Luca, Marie und Jule an. Dann schnappte sich Luca eine schwere Steinskulptur von der Anrichte und trat in den Flur.

„Ich sehe nach, ob die Schweine noch im Haus sind! Marie, ruf die Polizei!“

„Spiel jetzt nicht den Helden! Lass mich das lieber machen.“ Oliver ließ Eva los und lief hinter Luca her. Jule bewunderte Lucas Mut. Sie selbst stand noch immer wie angewurzelt mitten im Wohnzimmer und hatte absolut keinen Schimmer, was in einer solchen Situation zu tun war. Ihr erster Impuls war, die umgefallene Stehlampe wieder aufzurichten, doch dann fiel ihr ein, dass es in Krimis immer hieß, man dürfe am Tatort nichts berühren.

Kurze Zeit später erschien die Polizei und begann mit der Untersuchung, während Eva festzustellen versuchte, was die Diebe – außer den Gemälden – gestohlen hatten. Es fehlte lediglich etwas Bargeld aus der Schublade im Flur. Eva hatte dort immer etwas liegen, um den Eiermann zu bezahlen oder den Zeitungsboten. Höchstens zwanzig oder dreißig Euro waren in der Geldbörse gewesen. Außerdem hatten die Diebe aus Evas Schlafzimmer etwas Schmuck mitgenommen, unter anderem ihren Ehering. Alles in allem hatten sie, von den Gemälden abgesehen, nur ungefähr fünfhundert Euro Beute gemacht.

Nachdem die Polizei Spuren gesichert hatte, begannen Marie, Luca und Jule damit, das Chaos der auf dem Boden verstreuten Papiere und Gegenstände zu lichten, indem sie die Sachen wieder in die Schubladen räumten.

„Eingestiegen sind die Täter durch ein gekipptes Fenster in einem der Kinderzimmer, das sie aufgehebelt haben“, erklärte einer der Kriminalbeamten.

„Ein gekipptes Fenster?“ Eva bedachte nacheinander Marie, Jule und Luca mit einem strengen Blick.

„Es war das Zimmer gegenüber vom Bad, das mit dem hängenden Bett“, erläuterte der Polizist.

„Luca! Wie oft sage ich euch, dass ihr die Fenster zumachen müsst, wenn ihr weggeht?“ Eva funkelte ihren Sohn mit zusammengezogenen Brauen an. „Darüber haben wir doch neulich erst gesprochen, als du die Terrassentür offen gelassen hast, während ich oben im Atelier war und du zu Julian gegangen bist."

„Ich weiß, Mum. Das war dämlich. Aber es war nur dieses eine Mal und ich habe mich entschuldigt. Heute Morgen habe ich mein Fenster zugemacht. Ich bin mir 100 pro sicher."

„Die Spuren sind ziemlich eindeutig. Das Fenster war gekippt." Der Polizist sah Luca eindringlich an. „Du musst dich irren, mein Junge. Vielleicht wolltest du es zumachen und hast es dann vergessen. So etwas passiert häufiger, als man meint."

„Nein, bestimmt nicht", beharrte Luca. „Ich habe es zugemacht. Ich weiß das noch ganz genau, weil …"

„Fakt ist, dass es nicht zu war!", fuhr Eva dazwischen. So ärgerlich hatte Jule ihre Tante selten erlebt. „Weißt du, was das bedeutet? Die Versicherung wird vermutlich wegen grober Fahrlässigkeit nicht einmal zahlen – aber das spielt letzten Endes auch überhaupt keine Rolle. Die Bilder sind unersetzlich! Du weißt genau, was sie mir bedeuten. Nicht einmal für die hunderttausend Dollar, die mir geboten wurden, hätte ich sie hergegeben. Auch nicht für mehr."

„Es gab einen Kaufinteressenten?" Der Kommissar war hellhörig geworden.

„Ja, ein Sammler in den USA hatte Interesse an den Gemälden gezeigt und fünfzigtausend Euro geboten. Ich wollte nicht verkaufen, da die Bilder einen hohen ideellen Wert für mich haben. Daraufhin ist er mit seinen Geboten immer höher gegangen. Er hätte bis zu hunderttausend Dollar gezahlt", erläuterte Eva.

„Wir sollten auf jeden Fall in diese Richtung ermitteln. Haben Sie einen Namen?" Der Polizist hatte einen Notizblock gezückt.

„Sie glauben, Mister Rothstein könnte den Einbruch in Auftrag gegeben haben?" Eva runzelte die Stirn.

„Da außer diesen beiden Gemälden kaum etwas gestohlen wurde und das Interesse des Bieters anscheinend sehr groß war, wäre es zumindest plausibel", fand der Kommissar. „Wir sollten die Spur auf jeden Fall verfolgen. Leider gibt es für uns darüber hinaus wenige Anhaltspunkte. Da waren wohl Profis am Werk. Keine Fingerabdrücke, keine Fußabdrücke auf Beet oder Rasen, keine Zeugen."

„Ferienbeginn. Beide Nachbarn sind gestern in den Urlaub gefahren. Da konnten die Täter sich unbeobachtet fühlen." Eva zuckte resigniert die Achseln.

„Es ist sehr wahrscheinlich, dass der Täter – oder die Täter – das Haus schon längere Zeit beobachtet haben. Sie müssen sich ziemlich sicher gefühlt haben, den Einbruch am helllichten Tag durchzuführen. Allerdings ist das zur

Ferienzeit keine Seltenheit. In den letzten Jahren hatten wir es immer wieder mit Banden zu tun. Die werden immer dreister." Der Polizist seufzte. „Der Bieter für die Gemälde hieß Rothstein, sagen Sie?"

„Mister Rothstein ist ein renommierter Kunstsammler. Ich glaube kaum, dass er Gemälde stehlen lassen würde", warf Eva ein. Oliver gab dennoch zu Protokoll, was er über Rothstein wusste. Dann verabschiedeten sich die Polizisten.

Oliver und Luca reparierten notdürftig das Fenster, das die Einbrecher aus den Angeln gehebelt hatten, damit es sich wenigstens wieder schließen ließ. Danach verabschiedete sich Oliver wieder in seine eigene Wohnung.

Eva war immer noch stockwütend auf ihren Sohn. Nachdem sie ihm noch einmal eine ausführliche Standpauke darüber gehalten hatte, wie enttäuscht sie von ihm war, ging sie zu Bett.

Jule, Marie und Luca hockten derweil auf Maries Hochbett und diskutierten die Ereignisse des Tages.

„Ich bin mir vollkommen sicher, dass ich das Fenster zugemacht habe. Aber Mum will mir einfach nicht glauben, nur wegen dieser Sache mit der Terrassentür neulich." Er sah total fertig aus und Jule hatte Mitleid mit ihm.

„Hm", machte Jule. „Könnte es nicht wirklich sein, wie der

Polizist gesagt hat? Dass du das Fenster zumachen wolltest und es dann doch vergessen hast? So was passiert mir ständig. Ich will etwas machen, dann kommt mir etwas dazwischen, ich vergesse es und denke dann, ich hätte es gemacht."

Luca schüttelte vehement den Kopf. „Jetzt fang du nicht auch noch an. Nein, ich bin mir total sicher. Ich hatte doch meinen Rucksack am Freitag nach der Schule in die Ecke gepfeffert und habe mich total blöd in den Trägern verheddert, als ich das Fenster zugemacht habe. Das weiß ich noch genau."

„Aber wer hat das Fenster dann wieder aufgemacht?" Marie hob die Handflächen und sah in die Runde.

Als sich ihre Blicke trafen, sah Jule den Zwillingen an, dass sie alle dasselbe dachten.

„Oliver ist noch einmal zurück ins Haus gegangen", sprach Jule aus, was ihnen allen durch den Kopf ging. „Er könnte das Fenster gekippt haben. Gelegenheit dazu hatte er jedenfalls."

„Aber warum sollte er das tun?", fragte Marie. „Warum sollte er wollen, dass jemand bei uns einbricht?"

„Na, wegen der Bilder. Dieser Amerikaner hat immerhin hunderttausend Dollar dafür geboten", entgegnete Jule. „Und eure Mutter wollte nicht verkaufen. Also hat er jemanden angeheuert, der bei euch einbricht und die Bilder stiehlt. Er wusste schließlich genau, wann niemand zu Hause sein würde. Den Ausflug hat er mit eurer Mutter zusammen geplant."

„Tja, das klingt logisch", fand Luca. „Die Sache hat allerdings einen Haken."

Jule sah ihn fragend an, doch Marie hatte verstanden, worauf ihr Bruder hinauswollte.

„Na klar! Er ist Mamas Agent. Die Verhandlungen mit diesem Rothstein und anderen möglichen Käufern liefen über ihn. Daher muss er damit rechnen, ganz oben auf der Liste der Verdächtigen zu stehen. Außerdem wird die Polizei diesen Rothstein ebenso wie andere Kaufinteressenten überprüfen. Seine Verbindung zu den möglichen Käufern wäre viel zu offensichtlich", erklärte Marie. „Sicher könnte er da über inoffizielle Kanäle heimlich etwas drehen, aber die gestohlenen Bilder müssten dann immer noch durch den Zoll. Das ist ja nicht, als ob man mal eben ein Päckchen innerhalb Deutschlands verschickt. Erinnere dich doch bitte, wie Mum geflucht hat, als sie und Oliver die Ausstellung in New York organisiert haben. Sie mussten alle Kunstwerke fotografieren, wiegen und auflisten."

„Stimmt. Die Ausfuhr musste beim Zoll angemeldet werden und es war eine Menge Papierkram. Es dürfte jedenfalls schwer sein, ein als gestohlen gemeldetes Gemälde durch den Zoll zu bringen, da hast du recht. Kunstschmuggel ist nicht so einfach, zumal die Behörden ja jetzt gewarnt sind und Oliver und seine Geschäftskontakte sicherlich beobachten. Trotzdem – es ist möglich." Luca zog die Beine an, schlang seine Arme darum und stützte das Kinn auf die Knie.

„Denkt an sein Telefongespräch neulich Nacht. Da ging es eindeutig um Gemälde. Ich habe nicht alles verstanden, aber wenn ich mich nicht irre, hat er jemandem versprochen, Bilder für ihn zu besorgen. Er sagte, es sei nur eine Frage des Preises."

„Echt? So genau habe ich gar nicht hingehört, ich habe nur Bruchstücke verstanden", staunte Jule. „Aber das ist doch höchst verdächtig."

„Nicht unbedingt", gab Luca zu bedenken. „Er ist nun mal Kunstagent. Sein Job besteht darin, Käufer für Kunstwerke zu finden – und Kunstwerke für Käufer. Er kann also über ganz andere Bilder gesprochen haben."

„Das stimmt auch wieder." Jule knautschte Maries Kopfkissen zurecht und stopfte es sich in den Rücken. „Das heißt, er ist womöglich unschuldig und es war ein ganz gewöhnlicher Einbruch."

„Allerdings ließe das zwei Fragen offen. Erstens: Wenn Luca sich so sicher ist, dass er das Fenster zugemacht hat, wer hat es dann wieder aufgemacht? Und zweitens: Warum haben die Diebe dann nur diese zwei Gemälde mitgenommen? Das ganze Haus ist voll von Gemälden und Skulpturen. Warum ausgerechnet diese beiden?", warf Marie ein.

„Guter Punkt!" Luca nickte anerkennend. „Die Diebe scheinen gewusst zu haben, dass die Bilder besonders wertvoll sind."

„Einbrecher mit Kunstverstand." Jule lachte. „Oliver bleibt demnach unser Verdächtiger Nummer eins. Wir sollten vielleicht mit der Polizei darüber sprechen. Oder wenigstens mit eurer Mutter."

„Die Polizei wird Oliver ohnehin überprüfen, und Mama ist total überzeugt davon, dass ich das Fenster offen gelassen habe. Wenn ich ihr von unserem Verdacht erzähle, wird sie nur behaupten, dass ich von mir ablenken will. Das bringt rein gar nichts", sagte Luca resigniert.

„Hast du eine bessere Idee?", wollte Marie wissen.

„Fürs Erste könnten wir selbst ein bisschen ermitteln. Wir brauchen Beweise. Irgendetwas, das Oliver mit dem Einbruch in Verbindung bringt. Dann müssen sie uns anhören", entgegnete Luca entschlossen.

„Allerdings weiß ich nicht, wo wir anfangen sollen mit unseren Ermittlungen", gab Marie zu bedenken.

Luca zuckte die Schultern. „Ehrlich gesagt, ich auch nicht."

Er gähnte. „Wir sollten langsam ins Bett gehen. Vielleicht fällt uns ja morgen noch etwas ein."

„Hast du gar keine Angst in deinem Zimmer? Ich finde es ganz schön gruselig zu wissen, dass jemand Fremdes hier im Haus war. Und dass die Typen das Haus wahrscheinlich schon die ganze Zeit beobachtet haben." Marie schauderte.

„Beobachtet? Na klar!" Jule setzte sich mit einem Ruck auf. „Dann war es also doch nicht so harmlos, wie ich dachte. Hört zu. Ich dachte, es hat nichts zu bedeuten, aber jetzt denke ich, es könnte vielleicht doch wichtig sein. Freitagnacht konnte ich nicht einschlafen und habe jemanden mit einer Taschenlampe draußen vor dem Haus herumgeistern sehen. Er war nur ganz kurz da und ist dann wieder in sein Auto gestiegen. Ich dachte, es wäre vielleicht jemand, der nach einer bestimmten Adresse sucht und die Hausnummer im Dunkeln nicht erkennen konnte."

„Das solltest du auf jeden Fall der Polizei erzählen. Kannst du den Typ beschreiben?", fragte Luca.

Jule schüttelte den Kopf. „Leider nein. Ich habe nur einen Umriss gesehen. Und ein kleines Stück vom Auto. Da war so ein Aufkleber. Irgend so ein Wappen. Und das Nummernschild endete auf 31."

„Hm", machte Luca. „Jedes kleine Detail kann wichtig sein. Du solltest es auf jeden Fall melden."

„Mach ich." Jule gähnte und streckte sich. „Gleich morgen früh."

Hörtest fürs Herz?

„Und? Was haben sie gesagt?“ Marie war vom Sofa aufgesprungen, als Jule das Telefon zurückgelegt hatte.

„Nicht viel. Sie meinten, die Spur sei zu vage, da ich niemanden gesehen habe. Der Aufkleber, den ich beschrieben habe, war anscheinend das Wappen von Schleswig-Holstein. Damit könnte hier theoretisch jeder Zweite herumfahren. Und das Nummernschild habe ich leider auch nicht richtig sehen können. Kennzeichen mit einer 31 am Ende dürfte es in Schleswig-Holstein eine Menge geben. Nicht einmal den Ort habe ich lesen können.“ Jule zog resigniert die Schultern hoch. „Sie haben meine Aussage aufgenommen, aber sie haben wenig Hoffnung, dass die Spur sie bei der Ermittlung weiterbringt.“

„Mist. Also stehen wir im Prinzip wieder am Anfang.“ Luca rührte den zweiten Löffel Zucker in seinen Tee.

Eva und Oliver waren direkt nach dem Frühstück zu einer Ausstellungseröffnung gefahren. Eva stand nach wie vor ziemlich unter Schock, und zwischen ihr und Luca herrschte immer noch dicke Luft. Es machte ihn wütend, dass sie ihm nicht glauben wollte. Von ihrem Verdacht gegen Oliver hatten die Zwillinge daher, wie tags zuvor besprochen, nichts erwähnt. Lieber wollten sie damit warten, bis sie etwas in der Hand hätten.

Am späten Vormittag war Jule mit Mats am Strand verabredet. Da sie in Sachen Einbruch offenbar sowieso nichts unternehmen konnten, packte Jule nach dem enttäuschenden Telefonat mit der Polizei ihre Sachen zusammen und machte sich mit dem Fahrrad auf den Weg.

Während sie Richtung Weidefeld radelte, kam sie nach den Aufregungen des vergangenen Tages nun das erste Mal dazu, sich Gedanken über ihr Treffen mit Mats zu machen. Sie musste unbedingt vermeiden, dass Jonas sie mit Mats sah. Schließlich wollte sie ihre neue Eroberung zunächst einmal nur etwas genauer in Augenschein nehmen. Davon musste Jonas nicht unbedingt Wind bekommen. Am Ende verlor er noch das Interesse – oder stachelte Konkurrenz Jungen womöglich sogar an? Jule hatte sich schon oft genug darüber gewundert, wie die tickten. Allerdings wollte sie es lieber nicht darauf ankommen lassen. Madame Cassandra hatte ihr einen echten Märchenprinzen versprochen, so etwas durfte man nicht leichtfertig vermasseln. Klar, der

Strand war groß, sie musste sich also einfach, so gut es ging, von der Surfschule fernhalten. Zum Glück lag diese ohnehin abseits vom Badestrand. Es musste schon ein dummer Zufall sein, wenn sie auf Jonas treffen sollte, während sie gerade mit Mats zusammen war.

Als Jule ihr Fahrrad am „Lobster“ abstellte, wartete Mats bereits auf sie.

„Na? Alles klar so weit?“ Er hüpfte von der kleinen Mauer, auf der er gesessen hatte, und kam auf sie zugeschlendert. Er trug ein rotes Bandana in Piratenmanier um den Kopf geknotet, Jeansshorts und Skaterschuhe. Seinen Rucksack hatte er lässig über eine Schulter gehängt. „Wollen wir gleich los oder möchtest du noch was trinken gehen?“

„Nee, lass uns gleich zum Strand. Ich hab eine Flasche Eistee im Rucksack.“ Jule strich sich eine verklebte Haarsträhne aus der Stirn. „Mir ist ganz schön warm vom Fahrradfahren. Ich freu mich jetzt auf eine Abkühlung.“

„Okidoki. Und? Wie gefällt dir das Piratenspektakel hier im Ort?“ Mats lief dicht neben ihr, sodass sich hin und wieder ihre bloßen Arme streiften. Jule fühlte, wie sich die feinen Haare auf ihrer Haut dabei aufrichteten und es angenehm kribbelte.

„Na ja, außer der Eröffnungsfeier habe ich davon noch nicht viel mitbekommen.“

Mats winkte lachend ab. „Typisch Weiber! Alle Landratten und Leichtmatrosinnen. Weder Salzwasser noch Rum im Blut."

Jule schlug ihm mit gespielter Empörung auf den Arm. „He! Nun mal nicht frech werden. In der Zeitung habe ich gelesen, dass die Piratin Anne Bonny den Ersten, der sich über Frauen an Bord beschwerte, mit einem Stich ins Herz tötete! Sieh dich also lieber vor." Sie grinste triumphierend. „Außerdem habe ich eine perfekte Entschuldigung. Bei uns wurde nämlich gestern Nachmittag eingebrochen."

Sie blieb stehen und wies auf ein freies, trockenes Plätzchen im Sand. „Hier wäre doch eine schöne Stelle zum Baden, was meinst du?"

„Klar." Mats stellte den Rucksack ab und kramte ein Strandlaken hervor, das er auf dem Sand ausbreitete. Jule legte ihr Handtuch daneben, streifte Schuhe, Jeans und T-Shirt ab und ließ sich im Bikini neben Mats nieder, der gerade seine Shorts auszog. Sie holte die Sonnencreme aus dem Rucksack und begann, sich einzureiben.

„Wie jetzt – eingebrochen? Tagsüber? Whoa, ist ja derb! Aber leider zur Ferienzeit keine Seltenheit, sagt mein Onkel." Mats ließ sich auf seinem Handtuch nieder.

„Dein Onkel sagt das?", wunderte sich Jule.

Mats nickte. „Er ist bei der Polizei. Ich lerne viel von ihm. Schließlich will ich auch mal Polizist werden."

„Ach, echt? Der Einbruch fand statt, als wir auf dem Ausflug waren. Die Polizei geht davon aus, dass die Typen das Haus beobachtet haben und wussten, dass die Nachbarn auch nicht zu Hause sind“, erklärte Jule.

„Haben die viel mitgehen lassen?“, erkundigte sich Mats.

„Na ja, Schmuck und Bargeld, aber sie haben zwei extrem wertvolle Bilder geklaut.“ Jule rieb sich Sonnencreme in den Nacken.

„Soll ich dir den Rücken eincremen?“ Mats streckte die Hand nach der Tube aus.

Jule nickte und reichte ihm die Creme.

„Hat die Polizei schon eine Spur?“ Mats begann, vorsichtig mit der Creme über Jules Rücken zu streichen. Seine Hände fühlten sich warm und weich an.

„Die Ermittlungen der Polizei haben bisher nicht viel ergeben. Aber ich hoffe, dass meine Tante die Bilder wiederbekommt.“

„Hoffentlich.“ Mats strich die überschüssige Creme auf seinem Arm ab und reichte Jule die Tube. „Einbrüche werden leider selten aufgeklärt. Mein Onkel erzählt mir hier und da mal etwas aus dem Polizeidienst. Da bekomme ich einiges mit. Cremst du mich auch ein?“

Mats drehte Jule den Rücken zu. Jule tupfte mit dem Finger ein Sonnencremegesicht auf Mats’ Rücken und begann zaghaft, es zu verreiben.

„Dürfte allerdings schwer sein, Kunstwerke unauffällig loszuwerden. Anders als zum Beispiel bei Schmuck oder Elektronik“, bemerkte Mats.

„Darüber habe ich auch schon nachgedacht.“ Es machte Jule ein bisschen unsicher, Mats so über den nackten Rücken zu streichen. Doch sie war bemüht, es sich nicht anmerken zu lassen. „Eva bewahrt ihren Laptop oben im Atelier auf und das war abgeschlossen. Wahrscheinlich wollten sich die Diebe nicht lange im Haus aufhalten und haben daher nur das Erdgeschoss durchsucht. Oder sie haben von vornherein gewusst, wie wertvoll die Bilder sind, und das Geld und den Schmuck nur mitgenommen, um es zu vertuschen. Marie, Luca und ich versuchen, selbst ein bisschen zu ermitteln.“

Mats wandte sich Jule wieder zu, während sie die Sonnencreme im Rucksack verstaute.

„Hammer! Voll der Krimi. Siehst du? Bei uns hier oben kannst du noch richtig was erleben. Und da soll noch mal einer sagen, hier ist nichts los.“ Mats lachte sein ansteckendes Mats-Lachen. Mit seinen wuscheligen schwarzen Haaren, der gebräunten Haut und den nussbraunen Augen hätte er gut für einen Italiener oder Spanier durchgehen können, fand Jule. Er passte hervorragend in die Strandkulisse und zu Sommer, Sand und Meer. Aber passte er auch zu ihr? War er womöglich der von Madame Cassandra angepriesene Supertyp? Klar, Mats war lange nicht so durchtrainiert und lässig wie Jonas, aber verstecken musste er sich auch nicht. Unsportlich sah er nicht aus. Jedenfalls nicht wie jemand, der sich den ganzen Tag in seinem Zimmer verschanzte und Videospiele zockte. Da hatte Luca garantiert maßlos übertrieben. Bisher fand Jule Mats sehr nett und süß war er auch. Allerdings war Jonas das auch.

Musst du hören auf Herz. Wenn das mal so einfach wäre, wie Madame Cassandra es sich vorstellte. Jule strengte sich an und versuchte zu hören, was ihr Herz über Mats sagte, doch ihr blödes Herz sagte leider ziemlich wenig. Das Einzige, was es sagte, war, dass sie es nicht ganz furchtbar schrecklich fände, wenn sich Mats als ihr perfekter Traumtyp entpuppte. Doch offenbar brauchte ihr Herz im Verliebtsein noch etwas Übung. Jule war sich nicht ganz sicher, wie es sich anfühlen musste, wenn man dem „Richtigen" begegnete. Vielleicht sollte sie es später zu Hause googeln. Es gab schließlich nichts, worauf man nicht im Internet irgendeine Antwort finden konnte. Die waren auch nicht immer das Gelbe vom Ei. Das hatte sie ihr Geschichtsreferat letzten Monat schmerzlich erfahren lassen. Doch immerhin waren sie ein Anhaltspunkt.

„Wir plündern und rauben und stehlen. Trinkt aus, Piraten, yo-ho!" Jule schreckte aus ihren Gedanken hoch, als

Mats – die Hand als Faust hochgereckt, als ob er einen Säbel hielte – plötzlich laut zu singen anfing.

„Yo-ho, yo-ho! Piraten haben's gut!“, grölte eine Gruppe Jungs zurück und ließ sich vor Mats und Jule in den Sand fallen, wobei eine Menge davon auf Jules Handtuch landete.

Mit zusammengezogenen Augenbrauen fegte Jule den Sand von ihrem Handtuch. Na toll. Wie sollte man bei dem Gegröle noch hören, was einem das ohnehin schon ziemlich verunsicherte Herz zuflüsterte?

„Ihr erinnert euch an Jule? Sie wohnt zurzeit bei Marie und Luca. Daniel, Hendrik und Patrick kennst du ja schon von der Eröffnungsfeier neulich“, stellte Mats seine Kumpels kurz vor, während sie ihre Taschen auspackten und sich offenbar häuslich einrichten wollten. Hendrik und Patrick trugen ebenfalls Piratentücher auf dem Kopf und Augenklappen. So hatte sich Jule ihr Date natürlich nicht vorgestellt. Sie quälte sich ein Lächeln ab.

„Nett, euch wiederzutreffen.“

„Ihr kommt heute Abend doch auch zum Piraten-Gelage auf der Promenade, oder? Alter, das wird absolut episch!“ Hendrik ließ sich von Mats eine High Five geben. „Soll'n sie uns verdammen, doch wir sterben nie. Yo-ho!“

„Na klar kommen wir, Amigo!“ Mats drehte sich zu Jule. „Du kommst doch auch, oder?“

„Sicher! Klar, Totenmannskiste und 'ne Buddel voll Rum und so … yo-ho!“ Jule formte mit der Hand die berühmte Pommesgabel, als befände sie sich auf einem Metal-Festival. Sie versuchte, sich nicht anmerken zu lassen, dass sie lieber mit Mats allein gewesen wäre.

Zunächst drehten sich die Gespräche um das Festival, gemeinsame Freunde und die Schule. Doch bald fingen die Jungs an, über Fußball zu fachsimpeln. Jule ließ sich rücklings auf ihr Handtuch fallen und schaute in den sommerblauen Himmel. Immer die Ruhe bewahren, nicht aufregen. Schließlich hatte sie Ferien und würde sich so schnell nicht die Laune vermiesen lassen. Sie war noch über eine Woche hier. Sicherlich würde sich noch einmal eine bessere Gelegenheit ergeben, ihr Herz einem ausgiebigen Hörtest zu unterziehen.

Einige Stunden später kamen sie wieder beim Strandrestaurant an, um ihre Räder zu holen. Daniel, Hendrik und Patrick hielten sich dezent im Hintergrund, während Mats sich von Jule verabschiedete.

„Sehen wir uns dann später?“ Mats schenkte Jule wieder ein so strahlendes Lächeln, dass sie ihm wegen des verunglückten Dates überhaupt nicht mehr böse sein konnte.

„Klar. Marie und Luca gehen bestimmt auch hin.“ Jule erwiderte das Lächeln.

Mats legte die Arme um sie und drückte ihr einen Kuss auf die Wange. Hatte es da nicht gerade kurz im Bauch gekribbelt? Jule spürte angestrengt in sich hinein. Ja, da war definitiv ein Kribbeln. Sie hauchte Mats ebenfalls einen Kuss auf die Wange und drückte ihn. „Bis heute Abend dann."

Im Hintergrund pfiff einer der Jungen durch die Zähne und johlte. Mats drehte sich lachend zu seinen Freunden um.

„Alter, Klappe! Du versaust die Stimmung. Klar so weit?"

Er drehte sich wieder zu Jule um. „Sorry." Mats grinste Jule verlegen an und zuckte mit den Schultern. „Meine Mannschaft besteht aus einfachen Leuten. Das sind richtige Raubeine. Die haben eben keine Ahnung, wie man sich einer Lady gegenüber benimmt."

„Schon okay, Kapitän." Jule lachte und winkte ab. „Wir sehen uns später."

Als die Jungs ihre Fahrräder holten und davonradelten, kam es Jule in den Sinn, dass sie vor der Heimfahrt lieber noch einmal die Toilette aufsuchen sollte. In ihrem Magen gluckerte mindestens ein halber Liter Eistee.

In geheimer Detektivmission

Als Jule zurück auf den Parkplatz kam, fiel ihr Blick auf einen dunkelblauen Kombi mit einem Schleswig-Holstein-Wappen auf der Heckklappe. Mitten im Lauf blieb sie stehen. Das gab es doch gar nicht! Das Nummernschild endete auf 31! Ob das der Typ war, der neulich nachts vor Evas Grundstück geparkt hatte? Jule sah sich um. Mist! Warum waren bloß Luca und Marie nicht da, wenn man sie brauchte? Luca hätte sicher gewusst, was in so einer Situation zu tun war. Jule zückte ihr Handy und fotografierte das Nummernschild. Dann sah sie sich nach einem geeigneten Versteck um und verschwand schließlich hinter einem Müllcontainer. Wer hier parkte, ging gewöhnlich runter zum Strand – oder zum Essen ins Strandrestaurant. Von ihrem Versteck konnte sie sowohl den Eingang des Restaurants als auch den Parkplatz im Auge behalten. Sie richtete sich auf eine längere Wartezeit ein. Womöglich war der Typ gerade erst angekommen. Dennoch – die Chance konnte sich Jule einfach nicht durch die Lappen gehen lassen. Sie musste den Parkplatz überwachen, um den Besitzer des Wagens unter die Lupe zu nehmen. Bevor sie ihren Beobachtungsposten auf einem Betonpfeiler schräg hinter dem Müllcontainer bezog, schickte Jule eine Nachricht an Marie und Luca. Dann kramte sie ihre Kopfhörer aus dem Rucksack und hörte Musik. Etwa zwanzig Minuten später tauchten Marie und Luca auf. Jule wartete, bis sie ihre Fahrräder abgestellt hatten, und winkte sie dann zu sich herüber.

„Na? Er ist anscheinend noch nicht aufgetaucht", stellte Luca fest.

„Dafür haben wir Franzbrötchen mitgebracht." Marie hielt Jule eine Papiertüte hin.

„Danke! Ich bin schon halb verhungert", lachte Jule. „So eine Observierung wäre ja nichts für mich."

„Im Fernsehen haben sie doch auch immer Donuts und Kaffee dabei", grinste Luca. „Hey! Guckt mal. Ist das nicht Oliver?"

Die drei duckten sich hinter den Müllcontainer und spähten vorsichtig an den Seiten vorbei zum Eingang des Restaurants, aus dem gerade ein hochgewachsener Mann im Anzug getreten war. Tatsächlich! Das war Oliver. Ihm folgte ein rundlicher Mann mit braunen Haaren in einem karierten kurzärmligen Hemd und blauen Jeans. Oliver drehte sich zu ihm um und schien auf ihn zu warten. Sie sprachen kurz miteinander und schüttelten sich die Hände. Dann gingen sie in unterschiedliche Richtungen davon. Oliver lief zum anderen Ende des Parkplatzes, wo er in seinen Wagen stieg. Der dunkelgraue BMW war Jule zuvor überhaupt nicht aufgefallen. Der Mann im karierten Hemd hielt direkt auf den dunkelblauen Kombi zu. Jule krallte ihre Finger in Lucas T-Shirt.

„Das ist er! Das ist der Typ!“, zischte sie. Einen Augenblick später blinkte die Schließanlage auf, der Mann stieg in den Kombi und fuhr davon.

„Mensch! Das ist ja ein Ding!“ Marie richtete sich wieder auf. „Oliver trifft sich mit dem Typ, der nachts bei uns ums Haus geschlichen ist.“

„Wenn er das wirklich war“, gab Luca zu bedenken. „Schließlich kann es viele Autos mit Schleswig-Holstein-Wappen und einer 31 auf dem Kennzeichen geben. Allerdings schon ein ziemlich krasser Zufall, dass ausgerechnet Oliver jemanden mit so einem Auto kennt.“

„Und jetzt?“, fragte Marie.

„Rufen wir die Polizei an“, meinte Luca. „Oder am besten fahren wir gleich auf dem Polizeirevier vorbei. Das ist in der Stadtmitte.“

Sie stiegen auf die Räder und radelten Richtung Stadtzentrum. Luca warf einen Blick auf die Uhr.

„Wir müssen uns beeilen. Immer um Viertel vor wird die Brücke hochgeklappt.“

Sie traten angestrengt in die Pedale und schafften es noch rechtzeitig über die Brücke, bevor sie geöffnet wurde, um Segler passieren zu lassen. Beim Polizeirevier angekommen, schlossen sie die Fahrräder ab und betraten die Dienststelle.

„Na? Was kann ich denn für euch tun?", fragte der Beamte hinter dem Sicherheitsglas am Eingang. „Fahrraddiebstahl?"

„Nein." Luca schüttelte den Kopf. „Es geht um den Einbruch bei Eva Freymuth. Ich glaube, wir haben da einen Hinweis."

Der Polizist bat sie, kurz zu warten. Wenig später wurden sie in eine kleine, altmodische Amtsstube geführt, in der ein Polizeibeamter, den sie bereits vom Abend des Einbruchs kannten, hinter dem Schreibtisch vor einem Computerbildschirm saß und sie erwartungsvoll anschaute.

„Moin, Herr Pohlmann", grüßte Luca.

„Moin. Mein Kollege sagte, ihr habt einen Hinweis wegen des Einbruchs? Da bin ich jetzt aber gespannt." Pohlmann erhob sich kurz und deutete auf zwei Stühle vor dem Schreibtisch. „Setzt euch."

Marie und Jule nahmen Platz, Luca hockte sich auf Jules Armlehne.

„Dann schießt mal los", forderte der Polizist sie auf.

Jule schilderte in knappen Worten ihre Entdeckung auf

dem Strandparkplatz. Pohlmann strich sich nachdenklich über das Kinn.

„Hm. Das klingt schon ein bisschen merkwürdig. Der Sache sollten wir auf jeden Fall nachgehen. Könnt ihr mir das Kennzeichen des Kombis nennen? Dann können wir den Fahrzeughalter ermitteln."

„Klar. Es war ein Schleswiger Kennzeichen. Ich hab es mit dem Handy fotografiert. Moment." Jule kramte in ihrer Hosentasche.

Pohlmann schüttelte den Kopf und lachte. „Früher hatten wir für so etwas ein Gedächtnis."

Jule diktierte dem Polizeibeamten das Kennzeichen, der es in seinen Computer eingab.

„Und jetzt?", wollte Marie wissen.

„Jetzt danke ich euch sehr für den Hinweis und ihr fahrt nach Hause und lasst die Polizei ihre Arbeit machen", entgegnete Pohlmann knapp.

„Können Sie uns denn gar nicht sagen, wer der Mann mit dem Kombi ist?" Luca klang enttäuscht.

Pohlmann schüttelte den Kopf.

„Datenschutz, mein Junge. Wo kämen wir da hin, wenn wir solche Informationen herausgeben würden?"

„Aber der Mann ist höchstwahrscheinlich ein Einbrecher, der die wertvollen Gemälde unserer Mutter gestohlen hat!", ereiferte sich Marie.

„Der Mann ist erst einmal ein unbescholtener Bürger – so lange, bis es Beweise für das Gegenteil gibt. Ob es euch passt oder nicht, jeder hat in diesem Land ein Recht auf Privatsphäre. Das gilt auch für den unwahrscheinlichen Fall, dass der Fahrzeughalter tatsächlich in den Einbruch verwickelt wäre. Das klingt für mich alles noch ziemlich an den Haaren herbeigezogen. Wir werden der Sache aber nachgehen. Also. Noch einmal vielen Dank für eure Angaben und jetzt …“ Pohlmann lächelte und deutete mit der Hand auf die Tür.

Mit hängenden Köpfen verließen die drei das Polizeirevier. Natürlich hatte Pohlmann recht, dennoch hatten sie sich von ihrem Besuch bei der Polizei mehr erwartet.

„Bleibt uns wohl nur, abzuwarten“, sagte Jule.

„Ich glaube, da können wir warten, bis wir schwarz werden. Die Polizei ruft uns sicher nicht an, um uns mitzuteilen, was ihre Ermittlungen ergeben haben.“ Ärgerlich kickte Luca ein Steinchen aus dem Weg und schwang sich dann auf den Sattel.

Als sie eine halbe Stunde später das Wohnzimmer betraten, erwarteten sie dort Oliver und Eva mit ernsten Gesichtern.

„Weia! Habt ihr irgendetwas angestellt?“, flüsterte Jule.

Eva erhob sich vom Sofa.

„Jule, könntest du so lieb sein und für einen Augenblick

in dein Zimmer gehen? Ich müsste einmal mit Marie und Luca allein sprechen."

Jule nickte stumm und verzog sich ins Gästezimmer. Sie warf sich aufs Bett und versuchte, sich mit einem Buch abzulenken. Doch sie konnte sich nicht konzentrieren. Immer wieder musste sie denselben Abschnitt lesen, ohne dass sie die Worte wirklich aufnahm. Schließlich gab sie es auf und hockte sich auf die Bettkante. Was konnte Eva mit den Zwillingen besprechen wollen? Sie hatte sehr ernst geklungen. Ob es um ihren Besuch bei der Polizei ging? Hatte Pohlmann womöglich Eva angerufen?

Während Jule nervös auf der Bettkante herumrutschte und die mit Drahtösen verbundenen Kronkorken zählte, aus denen der Hocker neben ihrem Bett bestand, ertönte der SMS-Benachrichtigungston ihres Handys. Sie fischte es aus der Hosentasche und rief die Nachricht auf.

Na? Begleitest du einen einsamen Piraten heute Abend zum Fest? Jonas xx

Verflucht! Das stellte Jule nun vor ganz neue Probleme. Warum hatte sie daran nicht schon vorher gedacht? Jonas würde auch zum Piratenfest auf die Promenade kommen – und sie war mit Mats verabredet. Zweiteilen konnte sie sich schlecht. Mist. Sie konnte sich doch unmöglich jetzt schon entscheiden. Ihr blödes Herz hatte ihr schließlich noch nicht mitgeteilt, welcher der beiden nun der Richtige war.

Sie beschloss, die Flucht nach vorne anzutreten und lieber gleich anzukündigen, dass sie nicht allein dort sein würde.

Ja, bin dort mit Marie, Luca und ein paar Freunden verabredet. Jule xxo

Ein paar Freunde. Das klang hoffentlich unverfänglich. Mats würde sie gewiss nicht vor aller Augen abschlabbern.

Kurz später erklang erneut der Nachrichtenton.

Beginn 20 Uhr. Strandspaziergang vorher? Was meinst du?

Warum nicht? Vielleicht würde sich ihr Herz bei der Gelegenheit endlich mal bequemen, ihr ein paar eindeutige Signale zu senden.

Gern. Treffen 18 Uhr am „Lobster"?

In diesem Moment öffnete sich die Zimmertür und Marie und Luca kamen herein.

„Puh!" Marie ließ sich auf Jules Bett fallen. „Kann jemand bitte die letzte halbe Stunde aus meinem Gedächtnis löschen?"

„So schlimm?" Jule rutschte ans Kopfende, um Platz für Luca zu machen. „Was war denn überhaupt los?"

„Mum und Oliver meinten, sie müssten mit uns über ihre Beziehung sprechen." Luca verdrehte die Augen.

„Ich bin sooo enttäuscht von euch beiden", imitierte Marie die Stimme ihrer Mutter. „Wie kommt ihr dazu, solche Verdächtigungen gegen Oliver auszusprechen."

„Oliver war ganz gönnerhaft und hat gemeint, es wäre ja

verständlich, dass wir Angst haben, er könnte unseren Vater ersetzen wollen. Gott, das war so krampfig!" Luca fuhr sich mit der Hand durch seinen braunen Wuschelschopf.

„Woher wusste Eva überhaupt, dass wir Oliver verdächtigen?", wollte Jule wissen.

„Na, die Polizei hat Oliver natürlich wegen des Treffens am ‚Lobster' befragt", erklärte Marie. „Oliver hat uns dann lang und breit erklärt, dass er sich dort mit einem befreundeten Künstler getroffen hat. Er organisiert für ihn gerade eine Ausstellung. Irgendwelche Lichtskulpturen. Um es kurz zu machen, der Typ hat am Freitag angeblich nicht hier vor dem Haus geparkt und das Treffen war völlig harmlos. Er meint, vielleicht hast du dich ja auch geirrt, was das Kennzeichen angeht."

Jule schüttelte vehement den Kopf. „Quatsch! Hab ich nicht. Meint ihr, es ist einfach ein blöder Zufall, dass dieser Künstlertyp ein Auto fährt, das darauf passt?"

„Ich für meinen Teil glaube nicht an Zufälle", entgegnete Luca entschlossen. „Zumindest möchte ich noch nicht aufgeben. Es ist immerhin die einzige Spur, die wir haben."

„Die Polizei wird höchstwahrscheinlich nicht weiter in diese Richtung ermitteln", meinte Marie. „Schließlich ist es keine Straftat, sich mit jemandem zu treffen, der ein Schleswig-Holstein-Wappen auf dem Auto hat und ein Kennzeichen mit einer 31."

„Vielleicht ist es auch wirklich bloß ein Zufall." Jule fühlte sich inzwischen gar nicht mehr so sicher. Sie hatte weder das Auto noch seine Farbe oder den Fahrer erkennen können. Und ob die Person mit der Taschenlampe am Freitag wirklich nach einer geeigneten Einstiegsmöglichkeit gesucht hatte, stand ebenfalls in den Sternen.

„Vielleicht." Luca kratzte sich an der Schläfe. „Trotzdem sollten wir diesen Künstler – Egon Daschner heißt er – ein bisschen im Auge behalten. Das kann schließlich nicht schaden."

„Haben wir nicht Mum versprochen, mit den Detektivspielen aufzuhören und die Sache der Polizei zu überlassen?" Marie runzelte die Stirn.

„Schon, aber sie glaubt schließlich auch, wir verdächtigen Oliver, weil wir nicht wollen, dass er an Papas Stelle tritt." Luca verschränkte die Arme vor der Brust.

„Na ja, ist es nicht auch ein bisschen so?" Marie sah ihn eindringlich an. „Ich meine, wir können ihn schließlich beide nicht sonderlich leiden – würde es dich nicht auch irgendwie freuen, wenn ..."

Luca schüttelte den Kopf. „Nein, Marie. Würde es nicht. Denk mal dran, wie es Mama verletzen würde. Nein. Es würde mich ganz und gar nicht freuen. Trotzdem glaube ich immer noch, dass irgendwas mit dem Typen nicht stimmt. Ich wünsche Mum, dass sie glücklich wird. Klar, es ist erst mal komisch, aber hey – sie war lange genug allein. Ich habe keine Angst, dass jemand an Papas Stelle treten könnte. Mich stört der Gedanke, dass es ausgerechnet dieser Typ sein könnte."

Marie nickte. „Stimmt. Eigentlich habe ich kein Problem damit, wenn Mum wieder einen festen Partner hat. Es ist Oliver. Bei dem hab ich einfach ein komisches Gefühl. Der kommt rüber wie so ein Schleimer. Wenn er bloß ein bisschen mehr wie sein Bruder wäre!"

„Da hast du recht. Jens muss jedenfalls nicht zum Lachen in den Keller gehen. Der ist cool." Luca grinste.

„Ich weiß, ihr hört es nicht gern, aber als neutrale Beobachterin konnte ich nichts Schreckliches an Oliver finden. Gut, er ist ziemlich geschniegelt und wirkte erst etwas verkrampft. Aber er hat sich Mühe gegeben. Trotzdem ist sein Treffen mit Daschner ziemlich verdächtig. Ich finde, wir nehmen diesen Künstler mal genauer unter die Lupe. Was meint ihr?"

„Okay, gut. Ich bin dabei", stimmte Marie zu.

Jules Doppeldate-Dilemma

Pünktlich um sechs traf Jule beim Strandrestaurant ein. Sie stellte ihr Fahrrad ab, setzte sich auf einen Pfeiler und ließ die Beine baumeln. Es war deutlich abgekühlt und eine frische Brise wehte von der See her. Jule war froh, dass sie ihre Jacke angezogen hatte. Sie beobachtete eine Möwe, die sich mit einem halben Brötchen abkämpfte, das jemand neben den Mülleimer geworfen hatte, neidisch beäugt von einem Futterkonkurrenten, der immer wieder herangehüpft kam.

„Hey! Na? Ich hoffe, du wartest noch nicht lange." Jonas legte Jule von hinten die Hand auf die Schulter.

„Ich hatte ja Unterhaltung." Jule lächelte und deutete auf die beiden Möwen, die sich inzwischen, lautstark zeternd, um das Brötchen balgten.

„Dann ist ja gut." Jonas grinste breit und umarmte Jule zur Begrüßung. Sie schnupperte. Er roch wunderbar nach Sand, Salz und Sonnencreme. Vielleicht war auf ihre Nase in Sachen Jungs mehr Verlass als auf ihr Herz.

„Wollen wir?“ Jonas hielt Jule auffordernd die Hand hin. Jule zögerte einen Augenblick, dann reichte sie ihm ihre und hüpfte von dem Pfeiler.

Während sie gemächlich zum Strand schlenderten, ließ Jonas ihre Hand nicht los. Wollen wir uns mal nicht beschweren, dachte Jule lächelnd. In der Abendsonne, untermalt von Möwengeschrei und Meeresrauschen, Hand in Hand über den Strand zu laufen, während ihnen die salzige Meeresbrise durch die Haare fuhr – das hatte doch was.

Kein großer Knall, kein Blitzschlag mit Trommelwirbel, keine Schmetterlingsgeschwader und Hitzewallungen. Vielleicht hatte sie überzogene Erwartungen. Die Gespräche drehten sich hauptsächlich um die größten Surf-Spots und Jonas' Traum von Hawaii. Trotzdem war es schön, so über den Strand zu schlendern. Umso mehr, als ihr ein paar Mädchen, die auf einer Decke im Sand hockten, neiderfüllte Blicke zuwarfen. Jule fühlte sich gleich um einige Zentimeter größer. Es war schon ein verdammt gutes Gefühl, wenn sich ein Junge wie Jonas für einen interessierte.

„Und? Was hast du so getrieben den lieben langen Tag?“, wollte Jonas wissen.

„Ach, ich war mit ein paar Freunden am Strand zum Baden und danach war ich noch auf dem Polizeirevier“, erzählte Jule möglichst beiläufig.

„Haben sie dich verhaftet, weil du in deinem Bikini so

verboten hübsch aussahst?" Jonas schenkte ihr ein breites Grinsen und zwinkerte frech.

Jule lachte und wurde ein bisschen rot. Jetzt klopfte ihr Herz doch ein bisschen schneller. Jonas, dieser coole, wahnsinnig gut aussehende Surfer, fand sie „verboten hübsch".

„Nein, es ging um den Einbruch bei uns. Ich habe da etwas beobachtet."

„Einbruch?" Jonas sah sie erstaunt an. „Klingt ja spannend."

Jule erzählte Jonas von dem Typ, der im Garten herumgeschlichen war, dem großen Schreck am Tag danach, den wertvollen Gemälden, dem Treffen zwischen Oliver und Daschner und ihrem Besuch bei der Polizei. Dabei schmückte sie ihre Geschichte nach Kräften ein wenig aus. Es konnte nicht schaden, etwas abgebrühter zu klingen, als sie eigentlich war.

„Mega!", rief Jonas. „Endlich passiert hier mal etwas Spannendes. Ihr seid ja ein richtiges Detektivteam. Total klasse – kann ich mitmachen? Ich wollte immer schon mal in einem Kriminalfall ermitteln."

„Klar, ich glaube nicht, dass Marie und Luca etwas dagegen haben", antwortete Jule. Dabei war sie sich gar nicht mal so sicher. Luca schien nicht viel von Jonas zu halten.

Vom Seewind ordentlich durchgepustet, kamen Jule und Jonas nach einer Dreiviertelstunde wieder beim Strandrestaurant an, wo sie sich auf der Terrasse noch eine heiße Schokolade gönnten, bevor sie sich in Richtung Promenade aufmachten. Jule erfuhr, dass Jonas selbst mit Freunden dort verabredet war. Für ihre Zwecke war das gar nicht mal das Schlechteste. Vielleicht war es so möglich, Mats und Jonas zu jonglieren, ohne dass die beiden allzu viel voneinander mitbekamen. Nachdem sie ihren Kakao ausgetrunken hatten, schwangen sie sich auf die Räder und fuhren in die Stadt.

Jule gab vor, bei den Fahrradständern noch auf Marie und Luca warten zu wollen, und blieb zurück, während Jonas seine Freunde beim Festzelt am Ende der Promenade treffen wollte.

Jonas nahm Jules Hände, zog sie an sich und ordnete mit den Fingern ihre windzerzausten Haare. Er legte den Kopf schief und grinste.

„Ich hoffe, du bist nicht so widerspenstig wie deine Haare."

Jule streckte ihm die Zunge raus und lachte.

„Nur, wenn man mich ärgert."

„Dann benehme ich mich lieber." Jonas drückte Jules Hände und platzierte einen Kuss auf ihre Stirn. „Ich geh schon mal. Wir sehen uns später, okay?"

Er hatte sie geküsst! Nicht auf den Mund, aber das war doch schon mal ein Anfang. Jule rieb mit den Fingern über die Stelle. Es fühlte sich auch nicht viel anders an als der Kuss, den Mats ihr auf die Wange gegeben hatte.

„*... ganz tiefe Gefühl, seid ihr verwandte Seelen*“, hatte Madame Cassandra gesagt. Na, schönen Dank auch. Warum war es dann so schwer zu entscheiden, wer nun der Richtige war? Mal abgesehen von seinem guten Aussehen, dem Surflehrerfaktor und seinem Tattoo, die Jonas' Coolness ins Unermessliche katapultierten, was hatte er ihr noch zu bieten? Also, er war siebzehn, nicht so ein Milchbubi wie manche in Jules Klasse. Er konnte surfen, kiten, war supersportlich, und andere Mädchen starrten ihr neidisch hinterher, wenn sie mit ihm zusammen war. Das allerdings konnte gewiss auch zum Problem werden. Er war selbstbewusst und locker. Das gefiel ihr. Und man konnte mit ihm viel Spaß haben – jedenfalls, wenn man dem Surfen etwas abgewinnen konnte. Er war ein echt geduldiger Lehrer und machte ihr Mut, etwas zu wagen. Er hatte große Träume, was seine Surfschule anging, und Jule traute ihm zu, dass er sie auch hartnäckig verfolgen würde. Mit einem Freund wie Jonas wurde es bestimmt nicht langweilig.

Und Mats? Der war frech und schlagfertig und man konnte sich gut mit ihm unterhalten – jedenfalls solange seine Kumpels nicht in der Nähe waren. Er hatte diese tollen schokobraunen Augen und megalange, schwarze Wimpern – auf die war Jule schon fast neidisch. Er schien nicht besonders eitel oder eingebildet zu sein, jedenfalls war er witzig und nahm sich selbst nicht ganz ernst. Das machte ihn sympathisch. Und er hatte schon konkrete Pläne für die Zukunft. Das bedeutete, dass er wahrscheinlich verlässlich und bodenständig war. Das war doch viel wert, oder?

Wie sie es auch drehte und wendete: Sie waren beide richtig tolle Jungs und, im Gegensatz zu einem gewissen Herrn zu Hause, interessierten sie sich nicht für eingebildete blonde Barbiepuppen mit einer albernen Quietsche-Lache, sondern für sie, für Jule Kessler höchstpersönlich.

„Hey! Was machst du denn hier so ganz allein?“, wurde Jule von Luca aus ihren Gedanken gerissen. „Ich dachte, du wärst mit Mister Supersurfer unterwegs.“

„War ich auch“, entgegnete Jule knapp. „Ich wollte bloß nett sein und auf euch warten – ist das etwa verboten?“

„Nee. Nicht verboten, bloß lieb.“ Luca grinste und stupste ihr mit dem Zeigefinger auf die Nase und Jule streckte ihm die Zunge heraus. Blödmann. Warum musste er sich immer über Jonas lustig machen? Und warum konnte Jule ihm nie lange böse sein? Sie boxte ihn leicht auf den Oberarm.

„Du bist echt unmöglich! Wo ist eigentlich Marie?“

„Da drüben. Sie schließt noch ihr Fahrrad ab. Warte mal. So kannst du aber nicht da rein.“ Luca stellte seinen Rucksack ab und kramte eine Weile darin herum. Schließlich richtete er sich wieder auf, bändigte Jules vom Wind zerzaustes Haar mit einem knallgrünen Bandana, dann fischte er eine schwarze Augenklappe mit Totenkopfsymbol aus der Tasche, mit der er den Look komplettierte.

„So, perfekt! Du siehst aus wie die wilde Bertha, der Schrecken der sieben Weltmeere – und vor allem aller Männer, die sich darauf herumtreiben."

Jule lachte. „Haha! Und du? Wo ist deine Hakenhand?"

„Noch habe ich beide Hände. Ich hab ja was viel Besseres." Luca bückte sich wieder zu seinem Rucksack. Er zog einen reichlich verbeulten Dreispitz aus Filz heraus und knautschte ihn zurück in Form. Dann knotete er ein rotes Tuch um seine Stirn und setzte den Hut darauf. „Na? Ist das etwa nichts?"

Jule reckte beide Daumen in die Höhe.

„Perfekt. Du solltest dich in Hollywood für eine Statistenrolle bewerben."

„Wer bewirbt sich wofür?" Inzwischen hatte Marie ihr Fahrrad abgeschlossen und war zu ihnen gestoßen. Sie trug riesige goldene Creolen in den Ohren und um den Kopf hatte sie ein türkisfarbenes Tuch gebunden, an dem jede Menge goldener Münzen klimperten. Vermutlich ein Requisit aus Evas Bauchtanz-Phase. Die Augen hatte sich Marie stark mit schwarzem Kajalstift umrandet.

„Ach, nichts." Jule kicherte und schüttelte den Kopf. Sie kam sich ziemlich albern vor, aber eigentlich machte es Spaß, sich so zu verkleiden. Luca zwinkerte, hakte die beiden Mädchen unter und zog sie Richtung Promenade, auf der zahlreiche Marktstände aufgebaut waren.

Mats, seine Freunde Hendrik, Patrick und Daniel, Anna-Lena und Tina waren bei der kleinen Musikbühne verabredet. Sie hatten Luca, Marie und Jule Plätze an den Biertischen frei gehalten, die rings um die Bühne aufgebaut waren. Mats klopfte mit der Hand auf die freie Sitzfläche zu seiner Rechten, und Jule setzte sich.

„Dann kann es ja jetzt losgehen!" Mats legte Jule und Tina die Arme um die Schultern und zog sie an sich. „Mädels! Ich bin voll hyper – ihr werdet gleich die absolut obergeilste Musik erleben! Mein Cousin tritt mit seiner Band auf. Ich sage euch, die machen noch mal richtig Karriere!"

Tina lachte und schüttelte seinen Arm von ihrer Schulter. „Ist ja gut, beruhig dich, sonst muss dich gleich noch wer beatmen."

„Da wüsste ich schon jemanden." Mats hatte seinen Arm immer noch um Jules Schulter gelegt. Mit einem fröhlichen Mats-Lachen drückte er sie noch einmal kurz an sich und küsste sie auf die Wange. Hoffentlich war Jonas nicht gerade in der Nähe. Jule blickte sich hektisch um. Verdammt!

Da stand er. Keine zwanzig Meter von ihnen an einem der Getränkewagen. Er hatte ihnen den Rücken zugewandt und bestellte anscheinend gerade. Indem sie vorgab, ihre Jacke ausziehen zu wollen, schüttelte sie Mats' Arm ab. Als Jonas sich umdrehte, hatte er mehrere Flaschen Bier in der Hand, die er sich mit Geschick zwischen die Finger geklemmt hatte. Er entdeckte Jule, hob die Flaschen kurz wie zum Gruß und grinste sie breit an. Dann schlängelte er sich durch die Menge und verschwand aus Jules Blickfeld. Offenbar saßen seine Freunde und er weiter hinten in Richtung Festzelt bei der großen Bühne.

Jule schlang sich ihre Jacke um die Hüften und setzte sich wieder.

„War das nicht der Typ von der Surfschule? Woher kennst du den denn?" Mats sah Jule stirnrunzelnd an.

„Äh, ja. Ich habe da einen Schnupperkurs gemacht." Jule spürte einen leichten Tritt an ihrem Schienbein und sah auf. Luca hatte die Augenbrauen hochgezogen, lächelte schief und schüttelte kaum merklich den Kopf. Er hatte diesen tadelnden Gesichtsausdruck. Denselben, den ihre Mutter draufhatte, wenn sie Jules schmutzige Socken vom Badezimmerfußboden aufklaubte. Spielte Luca sich etwa zum Babysitter auf? Jule blitzte ihn wütend an. Was sie machte, ging ihn doch gar nichts an. Sollte er sich lieber um diese Anna-Lena kümmern, die schon wieder an ihm klebte wie eine Klette. Jule würde ihr zweigleisiges Problem schon allein in den Griff bekommen.

Besonders ärgerte Jule, dass Luca im Grunde genommen recht hatte. Es war nicht besonders fair, sich beide Jungs warmzuhalten. Sie würde bald eine Entscheidung treffen müssen. Wenn es nur nicht so schwer wäre. Ein bisschen gekribbelt hatte es bei beiden. Die Band legte los und es wurde zu laut, um sich zu unterhalten. Das war Jule nur recht so.

In der Umbaupause huschte Jule für ein paar Minuten zu Jonas und seinen Freunden hinüber. Eigentlich ziemlich lässig, wie ich dieses Doppeldate meistere, dachte Jule. Das hatte schon etwas Aufregendes. Gleich zwei mögliche Traumtypen an der Angel. Ha! Alina Wieczorek, da würdest du dumm aus der Wäsche gucken, wenn du das wüsstest. Aber ein bisschen schuldig fühlte sich Jule schon. Sie musste sich jetzt schnell entscheiden. Schon Sonntagabend. Ihr blieb noch etwas mehr als eine Woche, bevor sie am Mittwoch wieder nach Hause fuhr. Ein bisschen Zeit wollte sie schließlich noch ungetrübt mit ihrem Traumprinzen verbringen können und Pläne für ein baldiges Wiedersehen schmieden.

Als die Band wieder anfing, verabschiedete sie sich von Jonas und seinen Freunden und lief zurück zu Mats und den anderen.

Gemeinsam mit der Clique schlenderte sie über den Markt, wobei Mats ihre Hand nahm. Jule fühlte die Spannung bis in die Haarspitzen. Was, wenn Jonas sie sah? Immer wieder schaute sie sich um und gab sich Mühe, ihm und seinen Kumpels aus dem Weg zu gehen.

Auf der großen Bühne gab es eine Pyro-Show mit Feuer und Trommeln, und als anschließend alle gebannt die Piraten-Stuntshow auf der großen Bühne verfolgten, nutzte Jule die Gelegenheit, um noch einmal bei Jonas vorbeizuschauen. Doch bei seinen Freunden, wo er eben noch gestanden hatte, war er nicht zu sehen. Jule schlenderte über das Gelände und entdeckte Jonas schließlich in einem Pulk Jungs, von denen drei rauchten. Jule pfiff auf den Fingern, um seine Aufmerksamkeit zu erregen, und Jonas wandte den Kopf in ihre Richtung. Er lächelte und winkte Jule zu sich herüber.

„Na?“ Sanft rempelte er Jule mit der Schulter an und legte ihr dann den Arm um die Hüfte. „Hattest du genug vom Showkampf?“

„Genau. Ist irgendwie nicht so mein Ding.“

„Action kann ich auch allein.“ Jonas zuckte mit den Schultern und grinste. „Surfen und Kiten bringt mir einfach mehr Spaß, als zuzuschauen, wenn sich Leute mit Zuckerglasflaschen über die Rübe hauen oder irgendwo runterspringen. Kiten bring ich dir auch noch bei. Wirst schon sehen.“

„Ich weiß nicht", wehrte Jule ab. „Das sieht ziemlich gefährlich aus."

„Quatsch! Du hast doch den allerbesten Lehrer. Ich lebe schließlich auch noch." Jonas grinste breit. „Wer ist eigentlich der Typ, der vorhin neben dir saß?"

Mist. Anscheinend war sie doch nicht so unauffällig, wie sie geglaubt hatte.

„Ach, ein Freund von Marie und Luca. Ist ganz nett." Jule versuchte, möglichst gleichgültig zu klingen.

„Der baggert ziemlich rum, oder?" Jonas zog Jule fester an seine Seite und lachte. „Sag ihm, er hat keine Chance."

Einer seiner Freunde lachte kurz auf und schnippte eine Zigarettenkippe weg.

„Alter, eingebildet bist du gar nicht, was?"

Er klopfte Jonas auf den Rücken.

„Nee, bloß Realist", flachste Jonas, während sein Freund Richtung Getränkewagen davonschlenderte.

„Sollen wir zurück zur Bühne? Oder bleibst du noch ein bisschen bei mir?" Beiläufig ließ Jonas seine Hand in Jules hinterer Jeanstasche verschwinden. Seine Hand lag jetzt genau auf ihrem Po. Sie fühlte sich angenehm warm an.

„Okay. Ein bisschen bleib ich noch, aber dann muss ich wieder zu den anderen", erklärte Jule. Langsam wurde ihr unfreiwilliges Doppeldate doch komplizierter, als sie gedacht hatte.

Jonas nahm die Hand aus ihrer Tasche, stellte sich vor sie und schlang nun auch den anderen Arm um sie. Mit einem frechen Grinsen schaute er zu ihr herunter.

„Hab ich etwa doch Konkurrenz?“

Jonas wartete nicht auf eine Antwort, sondern zog Jule an sich und küsste sachte ihre Lippen. Jule wusste nicht so recht, wohin mit ihren Armen, und schlang sie einfach um seinen Nacken. Es war nicht so, als hätte sie noch nie einen Jungen geküsst, trotzdem hatte sie Angst, sich blöd anzustellen. Jonas öffnete ihre Lippen, und seine Zunge tastete sich in ihren Mund. Nicht übel, aber er schmeckte ein bisschen nach Bier. Jule mochte den Geschmack nicht besonders. Eigentlich ganz schön eklig, wenn man es so richtig bedachte – dass man einem anderen seine Zunge in den Mund steckte. Wer bloß darauf gekommen war. Irgendwo hatte Jule mal gelesen, dass Affen sich auch küssten. Aber auch mit Zunge? Himmel, dachte sie wirklich gerade an Affen, während ein absolut toller Junge sie küsste? Zusammenreißen. Einfach die Augen schließen und den Kuss genießen, verdammt! Das konnte doch nicht so schwer sein.

Sie schloss die Augen und überließ Jonas die Kontrolle, während die Gedanken immer noch wild in ihrem Kopf herumwirbelten. Seine warmen, weichen Lippen fühlten sich angenehm an, und es kribbelte im Nacken und im Bauch, als er seine Zunge um ihre kreisen ließ.

Bedeutete das eigentlich, dass sie jetzt richtig zusammen waren? War ein Zungenkuss so, als ob man seine Unterschrift unter einen Vertrag gesetzt hatte? Oder musste man das noch irgendwie offiziell machen? Und wie sollte sie die Sache mit Mats jetzt schaukeln? Herrje! Nun konzentrierte sie sich wieder nicht aufs Küssen.

Bevor Jules Gedanken sich vollends verknoten konnten, beendete Jonas den Kuss. Er lächelte und zog sie an sich.

„Ich hätte nichts dagegen, das für den Rest des Abends fortzusetzen", murmelte er und drückte ihr noch einen Kuss auf den Hals. „Aber wir sollten uns aus der Raucherecke verkrümeln. Ich bin eigentlich nur wegen meiner Kumpels mitgegangen. Persönlich steh ich nicht so auf die Luftverpester. Rauchen ist absolut tödlich für die Kondition."

„Nicht nur für die." Jule lachte.

„Aber vielleicht solltest du gleich zu deinen Freunden zurückgehen. Bestimmt vermisst Luigi dich schon", feixte Jonas.

„Er heißt nicht Luigi, er heißt Mats", stellte Jule richtig.

„Luigi, Mats, wen interessiert das. Er hat ja eh keine Schnitte." Jonas grinste selbstsicher, nahm Jules Hand und schlenderte mit ihr an den Buden und Verkaufsständen vorbei. Bei der kleinen Bühne trafen sie auf einige Surfkollegen von Jonas, die ihn sofort in ein Gespräch verwickelten. Jule nutzte ihre Chance zur Flucht, drückte ihm eilig einen Kuss auf die Wange und lief zurück Richtung Hauptbühne, um die anderen zu suchen.

Mist. Jetzt musste sie höllisch aufpassen. Mats glaubte schließlich, sie kenne Jonas nur flüchtig vom Surfen. Sie hatte sich da in eine ziemlich blöde Situation hineinmanövriert.

Von Weitem entdeckte sie die Clique schon an einem Stand, an dem es – wenn man dem Schild darüber glaubte – Piratenschmaus gab.

Mats rümpfte die Nase, als Jule zu ihm und Christina auf die Bank schlüpfte.

„Puh! Sag mal, rauchst du etwa?"

„Nee, Quatsch!" Jule schüttelte den Kopf. „Ich bin vor dem Toilettenwagen in eine Gruppe Raucher geraten."

„Ach so." Mats grinste und schielte auf sein Handy. „Mann, meine Mutter nervt. Sie will, dass ich in einer halben Stunde nach Hause komme, weil es schon so spät ist. Dabei geht doch dann die Party erst richtig los."

Puh! Vielleicht war das ihr Glück. Sie musste dringend ein peinliches Zusammentreffen mit Jonas vermeiden. Und auf diese Weise wurde sie Mats vielleicht elegant los.

Es wurde lauter und ausgelassener auf dem Platz vor der Hauptbühne. Familien mit kleineren Kindern waren nach Hause gegangen, auf der Bühne rockte eine Band in ohrenbetäubender Lautstärke und der Alkoholpegel der Anwesenden war merklich gestiegen. Das war die Gelegenheit, ihren unauffälligen Abgang zu planen. Jule zog ihr Handy aus der Tasche und betrachtete es mit gespielter Enttäuschung.

„Mist! Mein Handyanhänger ist weg. Gerade war er noch dran. Als ich beim Toilettenwagen Schlange stehen musste, habe ich meiner Freundin getextet. Bestimmt habe ich ihn da verloren. Ich lauf schnell noch mal zurück."

„Soll ich dir beim Suchen helfen?", bot Mats an.

„Nee, lass mal. Du musst doch gleich los. Nicht dass du meinetwegen Ärger bekommst", wehrte Jule ab.

Mats seufzte und umarmte sie. „Ich hab überhaupt keinen Bock, aber ich muss wohl. Falls wir uns nicht mehr sehen, ruf ich dich morgen an, okay?" Mats drückte ihr zwei Küsschen auf die Wangen.

„Alles klar." Jule lächelte und schlängelte sich eilig durch die Menge in Richtung Toilettenwagen.

Damit ihre Ausrede glaubhaft wirkte, leuchtete sie mit dem Handy den Boden vor dem Toilettenwagen ab. Plötzlich tippte ihr jemand auf die Schulter. Es war Marie, die sie mit gerunzelter Stirn ansah.

„Was machst du denn hier? Hast du etwas verloren?"

Jule versicherte sich mit einem Blick über die Schulter, dass sie nicht beobachtet wurden, und fasste Marie verschwörerisch am Unterarm.

„Nee. Ist ein bisschen kompliziert."

Sie gab Marie eine grobe Zusammenfassung ihres Dilemmas.

„Jonas hat dich geküsst?" Marie sah Jule mit weit aufgerissenen Augen an und trippelte von einem Fuß auf den anderen. „Beweg dich nicht von der Stelle! Ich muss schnell zum Klo, aber dann will ich alles ganz genau wissen."

Als Marie kurze Zeit später wieder aus dem Toilettenwagen kam, begann sie, Jule zu löchern.

„Wie ist es denn genau dazu gekommen? Hat er angefangen? Oder du? Und vor allem – wie war es???"

Jule zuckte mit den Schultern. „Ich weiß gar nicht richtig. Es ist eben so passiert. Er hat angefangen. Es war … es war ganz okay, schätze ich."

„Ganz okay?" Marie starrte sie ungläubig an. „Ganz okay? Mehr hast du dazu nicht zu sagen?"

„Ich weiß nicht." Jule zuckte mit den Schultern. Sie wollte Marie nicht unbedingt unter die Nase binden, dass sie dabei an küssende Affen und Vertragsabschlüsse gedacht hatte. „Es ging ziemlich schnell und … und ich habe nicht so wahnsinnig viel Vergleich."

Marie runzelte die Stirn. „Du bist dir sicher, dass du nicht vielleicht auf Mädchen stehst?"

Jule prustete. „Marie! Natürlich bin ich da sicher. Absolut. Hundertprozentig."

„Du hast dir Jonas aber schon genau angesehen, oder?"

Jule nickte wieder. „Ja, hab ich. Er ist toll. Es ist nur ... ich möchte nichts falsch machen. Wer sagt denn, dass er der Richtige für mich ist?"

Marie atmete hörbar aus. „Jule, deine Probleme möchte ich haben! Du musst ihn ja nicht gleich heiraten. Und was läuft da mit Mats? Warum sagst du Mats nicht einfach, dass du mit Jonas zusammen bist?"

„Bin ich ja nicht", entgegnete Jule. „Jedenfalls nicht richtig, glaube ich. Ich weiß nicht. Wir haben noch nicht darüber gesprochen. Außerdem bin ich mir einfach nicht sicher, ob nicht vielleicht Mats viel besser zu mir passt. Er ist auch total süß und echt nett."

„Du kannst jedenfalls nicht mit beiden zusammen sein. Das geht doch niemals gut." Marie hatte die Arme vor der Brust gekreuzt und einen strengen Blick aufgelegt, der Jule an ihre Schwester Kim erinnerte.

„Ich weiß doch, Marie. Spätestens morgen Abend entscheide ich mich. Versprochen." Dann seufzte sie und fügte etwas unsicher hinzu: „Bloß, wenn ich in einen von beiden so richtig verknallt wäre, dann müsste ich das doch merken, oder etwa nicht?"

Marie zupfte ihr T-Shirt zurecht. „Hm. Ja, irgendwie schon. Aber vielleicht hängst du einfach noch an diesem – wie hieß er? – Florian."

„Möglich." Jule nickte. Allerdings hatte sie kaum mehr an Flori gedacht. Hieß das nicht, dass sie über ihn hinweg war?

„Du denkst zu viel", sagte Marie. „Es sind Ferien, es ist Sommer, du bist 14 – und Jonas hat dich geküsst. Genieß es einfach und mach dir keinen Kopf darum."

Sie drehte sich um und klimperte mit den Wimpern. „Und wenn du zu dem Schluss kommst, dass du Jonas nicht willst – also, ich nehme ihn dir gerne ab. Völlig uneigennützig natürlich. Und jetzt komm mit. Mats ist schon längst losgefahren."

„Und das sagst du erst jetzt?" Jule rollte mit den Augen.

Marie grinste breit.

„Klar, ich wollte sicherstellen, dass du nicht abhaust, bevor du mir alles haarklein erzählt hast."

Plötzlich abserviert

Als Jule schließlich mit Marie und Luca auf ihrem Weg zu den Fahrrädern bei der kleinen Bühne vorbeikam, entdeckten sie Jonas. Er lehnte umringt von ein paar älteren Jungen und Mädchen an der Seite eines Transporters. Als er Jule entdeckte, lächelte er und kam auf sie zu.

„Hey! Du bist ja doch noch da. Als ich zwischendurch bei der großen Bühne vorbeigeschaut habe, habe ich dich nicht gesehen." Er zog Jule in seine Arme und küsste sie auf den Mund.

„Da musst du ausgerechnet den Zeitpunkt abgepasst haben, als ich auf dem Klo war." Insgeheim war Jule froh über diesen Zufall. Das Schicksal schien auf ihrer Seite zu sein.

„Es ist spät. Wir gehen schon mal vor. Komm, Marie." Luca warf Jonas einen finsteren Blick zu und zog Marie ungeduldig am Arm in Richtung Fahrradständer.

Jonas sah den Zwillingen amüsiert hinterher. „Dein Aufpasser ist aber gar nicht begeistert, scheint mir. Musst du wirklich schon los?"

Jule nickte. „Ja, leider. Meine Tante macht sonst Stress."

„Schade. Sehen wir uns morgen?" Jonas hatte seine Arme um sie gelegt und schaute ihr in die Augen. Er hatte wirklich sehr schöne Augen. Im Dunkeln konnte sie die Farbe allerdings immer noch nicht genau erkennen.

„Ich wollte morgen mit Marie und Luca mal diesen Daschner unter die Lupe nehmen", erklärte Jule.

„Geil. Ich bin dabei", rief Jonas begeistert. „Wie wollt ihr das denn anstellen?"

„Das haben wir uns noch nicht so genau überlegt. Wir wollten uns morgen nach dem Frühstück zusammensetzen und darüber nachdenken, wie wir weiter vorgehen wollen", ließ Jule ihn wissen.

„Cool. Soll ich vorbeikommen? Wann steht ihr denn so auf?", fragte Jonas.

„Klar. Gerne. Sagen wir so um halb elf?" Eva hatte sicher nichts dagegen, wenn Jule Besuch bekam. Den Zwillingen musste sie dann eben später beibiegen, dass ihr Detektivtrio gerade zu einem Quartett geworden war.

„Was?" Luca raufte sich die Haare und ließ sich mit einem theatralischen Seufzer rücklings auf sein Bett fallen. „Du hast dieser Flachbrezel gesagt, sie kann mitmachen? Das geht den Typ doch überhaupt nichts an. Das war unser Ding!"

Jule hatte bis nach dem Frühstück mit ihrer Beichte gewartet. Sie hatte geahnt, dass Luca nicht gerade begeistert reagieren würde. Er hatte schließlich bereits vorher deutlich durchblicken lassen, dass er Jonas für – gelinde gesagt – etwas unterbelichtet hielt.

„Warum regst du dich denn jetzt so künstlich auf?" Marie schüttelte den Kopf. „Ist doch okay, wenn er mitmacht. Vielleicht hat er ja eine Idee, wie wir herausbekommen, ob Daschner etwas mit dem Einbruch zu tun hat."

Luca richtete sich wieder auf.

„Der und Ideen? Der hat doch nur Surfen und seine Groupies im Kopf."

Er schaute von Marie zu Jule.

„Aber ich schätze, ich bin überstimmt. Ihr seid ja ganz offensichtlich nicht mehr zurechnungsfähig."

„Jetzt übertreib mal nicht." Jule verschränkte die Arme vor der Brust. „Wenn ich gewusst hätte, dass du dich so anstellst, hätte ich Jonas nicht Bescheid gesagt. Aber ihn jetzt wieder auszuladen, ist mir auch zu blöd. Wenn du ihn nicht dabeihaben willst, kannst du ihm das selbst sagen!"

Luca atmete hörbar ein und winkte ab.

„Meinetwegen. Soll Mister Superchecker eben mitmachen, auch wenn der dumm ist wie zehn Meter Feldweg."

„Jetzt hör aber auf!" Marie warf ein Kissen nach ihrem Bruder. „Er kann schließlich auch nichts dafür, dass du beim Surfen absolut talentfrei bist. Ich hatte ja keine Ahnung, dass du so nachtragend bist." Sie lachte. „Und wenn er gleich kommt, halt dich bitte zurück mit deinen blöden Sprüchen, okay?"

„Okay." Luca verdrehte die Augen. „Ich werd mich schon benehmen, keine Angst."

Eine Viertelstunde später klingelte Jonas. Jule öffnete ihm, führte ihn in Lucas Zimmer und ließ sich mit ihm in den großen Sitzsack vor dem Bett fallen. Jonas legte Jule den Arm um die Schulter.

„Und? Seid ihr schon weitergekommen?", wollte Jonas wissen.

Marie schüttelte den Kopf.

„Als Erstes sollten wir herausfinden, wo dieser Daschner wohnt. Vielleicht bringt es was, wenn Jule sich das Auto noch mal ganz genau ansieht?"

„Ich weiß nicht. Ich konnte nicht besonders viel erkennen. Die Mauer war im Weg und die Büsche, und es war dunkel. Eigentlich habe ich nur ein Stück von der Heckklappe und vom Nummernschild gesehen. Ich glaube nicht, dass es viel bringt, wenn ich mir das Auto ansehe." Jule zuckte resigniert mit den Schultern.

„Wenn der Typ hier eingebrochen ist, hat er doch vielleicht das geklaute Zeug bei sich rumliegen", meinte Jonas.

„Wonach suchen wir überhaupt? Jule hat erzählt, es wären Bilder geklaut worden?“

„Ja. Ein wertvolles Diptychon“, gab Luca kurz zurück.

„Ein was?“, fragte Jonas prompt.

„Ein zweiteiliges Gemälde“, erklärte Jule. Sie funkelte Luca an. Das machte er absichtlich. Wäre ihre Tante nicht zufällig Künstlerin gewesen und nach dem Einbruch ständig von den Gemälden geredet worden, hätte Jule auch nicht gewusst, was zum Geier ein „Diptychon“ war.

„Voll krass!“, lachte Jonas. „Klingt eher wie ein fliegender Dinosaurier oder so was. Und das Teil ist so viel wert?“

„Ein amerikanischer Sammler hat meiner Mutter hunderttausend Dollar geboten, aber sie wollte nicht verkaufen“, entgegnete Luca beiläufig. Es klang, als ob er ständig mit solchen Summen umging.

„Herbe!“ Jonas fuhr sich mit der Hand durch die blonden Locken. „Ich hätte sofort verkauft.“

„Na ja, Eva verbindet sehr persönliche Erinnerungen damit.“ Jule warf Luca bitterböse Blicke zu. „Sie hat die Bilder gemalt, als sie mit Marie und Luca schwanger war, und sie nach ihnen benannt: die ‚Zwillingsseelen‘.“

„Okay. Das versteh ich. Astrein – irgendwie cool, wenn ein Bild nach einem benannt ist.“ Jonas nickte anerkennend. „Wie sehen die Teile denn überhaupt aus? Ich muss ja wissen, wonach wir genau suchen.“

„Meine Mum hat Fotos auf dem Rechner. Ich wollte sie sowieso fragen, ob wir uns kurz den Laptop leihen können. Schließlich müssen wir noch herausfinden, wo dieser Daschner wohnt." Marie stand auf und verließ das Zimmer.

Jule hätte sich liebend gern ein Loch gegraben, in das sie so lange hätte verschwinden können. Die Anspannung, die in der Luft lag, fand sie äußerst unangenehm. Nur Jonas schien es nicht zu bemerken – oder es war ihm einfach egal. Wahrscheinlich war er es gewohnt, dass ihm von anderen Jungs oft wenig Sympathie entgegenschlug. Schließlich fuhren eine Menge Mädchen auf ihn ab.

Zum Glück erschien Marie kurz darauf wieder mit dem Laptop. Sie hockte sich an den Schreibtisch und fuhr das Gerät hoch. Jule und Jonas kämpften sich aus dem Sitzsack und stellten sich hinter sie, während Luca auf dem Bett hocken blieb.

„Das sind die ‚Zwillingsseelen'." Marie rief ein Foto der Gemälde auf.

„Hammer!", rief Jonas. „Dafür haut jemand so viel Kohle raus? Da kann man ja gar nichts drauf erkennen."

Luca ließ einen abfälligen Grunzlaut hören. Jule musste sich nicht umdrehen, um zu wissen, dass er mit den Augen rollte.

„Na ja, es sind eben abstrakte Gemälde", beeilte sich Jule zu erklären. „Ich finde sie wirklich schön."

„Klar, schlecht sehen sie nicht aus. Aber hunderttausend Schleifen?“ Jonas schüttelte den Kopf. „Ich glaub, ich werd auch Künstler.“

„Wer’s glaubt …“, murmelte Luca.

„Schau lieber mal, ob du diesen Daschner finden kannst“, versuchte Jule vom Thema abzulenken. Sollte Luca weiter die beleidigte Leberwurst spielen. Dass Jonas Evas Kunst nicht toll fand, hieß noch lange nicht, dass er dumm war. Es musste sich schließlich nicht jeder mit moderner Kunst auskennen. Demonstrativ legte Jule ihren Arm um Jonas, während Marie Daschners Namen in die Suchmaske des Online-Telefonbuchs eingab.

„Nichts. Er ist nicht im Telefonbuch gelistet. Ich schau mal, ob er eine Homepage hat.“

Marie rief die Suchmaschine auf und gab den Namen ein. Sie folgte einem der gelisteten Links, die auf Daschner verwiesen.

„Mist. Ich finde hier keine Adresse.“ Marie klickte sich durch die Seite.

„Hat der Typ kein Impressum?“ Luca war jetzt auch aufgestanden und hinter den Schreibtischstuhl getreten.

„Nee, man findet ihn nur über die Webseite der Agentur. Und im Impressum steht die Adresse von Olivers Büro.“

„Verdammt. Und Oliver können wir wohl kaum fragen, wo der Typ wohnt.“

„Muss man sich als Künstler ins Handelsregister eintragen? Unsere Surfschule hat so eine Nummer beim Amtsgericht."

Jule schaute Luca triumphierend an. Und Jonas hatte doch Ideen!

„Leider nein." Marie schüttelte den Kopf. „Künstler sind in der Regel Freiberufler."

„Schau doch noch mal die anderen Links durch", riet Jule.

Gemeinsam gingen sie die Liste durch und fanden einige Zeitungsartikel über Daschner und Veranstaltungshinweise zu Ausstellungen, aber keine Adresse.

„Hm. Bis uns etwas Besseres einfällt, sollten wir vielleicht einfach ein bisschen herumfahren und die Augen nach dem Auto aufhalten. Dem Kennzeichen nach war er aus dem Kreis Schleswig und er hat sich hier am Strand mit Oliver getroffen", schlug Luca vor.

„Verbinden wir doch das Angenehme mit dem Nützlichen. Ich lade euch auf ein Eis zu Janny's ein." Jonas strahlte in die Runde. Luca quälte sich ein höfliches Lächeln ab und nickte.

„Okay. Danke. Vorher drehen wir mit den Rädern eine Runde durch die Innenstadt und klappern alle größeren Parkplätze ab. Ich glaube zwar nicht, dass wir damit Glück haben, aber etwas anderes fällt mir im Moment auch nicht ein."

Erschöpft und enttäuscht trafen sie zwei Stunden später bei Janny's am Hafen ein. Wie befürchtet hatten sie den dunkelblauen Kombi nirgends entdecken können.

„Das Eis haben wir uns aber jetzt redlich verdient", fand Jonas. Sie suchten sich einen freien Tisch und schauten in die Karte.

„Ob sie bei der Touristeninformation wissen, wo dieser Typ sein Atelier hat?", überlegte Jonas.

„Glaube ich nicht." Jule schüttelte den Kopf. „Aber wir können auf dem Rückweg dort ja mal vorbeischauen."

„Vielleicht beim Schlei-Boten", rief Marie. „Wenn der Ausstellungen macht, haben die bestimmt schon mal drüber berichtet."

„Super Idee", fand Luca und kramte sein Handy aus der Tasche. „Vorbeifahren ist nicht. Die Redaktion sitzt in Flensburg. Wir können da gleich mal anrufen."

„Okay. Aber erst gönnen wir uns in Ruhe unser Eis." Marie schaute sich nach der Bedienung um.

„Bestellst du mir schon mal einen Mango-Milchshake mit?", bat Jule. „Ich muss noch mal kurz für kleine Detektivinnen."

Als Jule zurück in den Gastraum trat, stand Marie am Tresen – vermutlich um ihre Bestellung aufzugeben – und Luca und Jonas steckten gerade die Köpfe zusammen. Jule blieb einen Augenblick stehen und blickte zu den beiden hinüber. Jonas nickte und machte ein ernstes Gesicht, während Luca mit ihm sprach. Was Luca wohl so Wichtiges mit Jonas zu besprechen hatte, wo er doch offenkundlich kein besonders großer Fan von ihm war? Als sie näher kam, blickte Jonas auf. Er lächelte, jedoch war sich Jule sicher, dass er kurz vorher Luca unter dem Tisch angestoßen hatte. Luca sah nun ebenfalls auf.

„Na? Das ging aber schnell. Hast du dir auch ordentlich die Hände gewaschen?“ Luca lachte. Doch sein Scherz konnte Jule nicht darüber hinwegtäuschen, dass er aussah wie ein Hundewelpe, der gerade auf den guten Teppich gepinkelt hatte. „Marie bestellt vorne am Tresen, die Bedienung hat uns wohl übersehen.“

Jule setzte sich und blickte zwischen den beiden Jungen hin und her. Irgendwas war hier im Busch.

„Ist irgendwas?“

Jonas lachte und schüttelte die blonden Locken.

„Nein. Nichts. Wir überlegen gerade, wie wir weiter vorgehen sollen, wenn wir die Adresse von diesem Daschner herausgefunden haben. Schließlich können wir schlecht einfach so in seine Wohnung marschieren und nachschauen, ob vielleicht zufällig die Bilder unter seinem Bett herumliegen.“

Jule runzelte die Stirn. Hatte sie sich vielleicht doch getäuscht? Sie schaute Luca an, der vorgab, überaus interessiert die Eiskarte zu studieren. Jule kannte Luca lange genug, um zu wissen, dass Daschner nicht das einzige Gesprächsthema der beiden gewesen war. Sie nahm sich vor, Luca später ins Verhör zu nehmen. Er hatte vor ihr noch nie lange etwas verheimlichen können.

„Ich habe auch schon darüber nachgedacht, wie wir es anstellen könnten, uns unauffällig bei Daschner umzusehen. Wir bräuchten einen richtig guten Vorwand, um bei ihm herumzuschnüffeln."

Marie hatte inzwischen ihre Bestellung aufgegeben und sich zu ihnen gesetzt.

„Wir könnten sagen, wir kommen von der Stadt und lesen die Wasseruhren ab", schlug sie vor.

Luca schüttelte den Kopf.

„Nee, das fällt doch auf. Für Angestellte der Stadt sind wir eindeutig zu jung. Außerdem haben die Uniformen und einen Ausweis. Und selbst wenn all das nicht wäre – dann würde er uns den Wasserzähler zeigen und uns wieder rausschmeißen."

„Stimmt auch wieder." Jule kaute nachdenklich auf dem Ende einer Haarsträhne herum. „Vielleicht könnten wir irgendein Schulprojekt vorschieben. Für den Kunstunterricht oder so."

„Gute Idee", fand Marie. „Da fällt uns sicher noch etwas

ein. Wenn er tatsächlich der Einbrecher ist, wird er allerdings kaum die Bilder irgendwo offen herumstehen haben."

In diesem Moment erschien die Bedienung mit Eis und Milchshakes.

„Ich schlage vor, jeder macht sich ein paar Gedanken dazu, wie wir uns bei Daschner umsehen können, und jetzt genießen wir erst einmal unsere Pause", fand Jonas.

Etwas später traten sie wieder hinaus auf die Straße.

„Und jetzt?", wollte Marie wissen. „Willst du es per Handy beim Schlei-Boten versuchen oder fahren wir zuerst nach Hause?"

„Ich hab nicht mehr allzu viel Guthaben. Am besten, wir rufen in Ruhe von zu Hause an", entgegnete Luca.

„Hey! Warte mal, Luca!", rief Marie plötzlich. „Ich habe noch eine viel bessere Idee. Wir könnten doch bei Jens vorbeischauen. Er hat uns doch neulich eingeladen, ihn in seinem Atelier zu besuchen. Vielleicht kennt er Daschner und weiß, wo der wohnt."

„Super Idee! Kommt. Wir fahren gleich nach Hause und rufen ihn an."

Jule machte sich daran, ihr Fahrradschloss zu öffnen, als Jonas sie am Ellenbogen festhielt.

„Gehen wir noch ein paar Schritte zum Hafen runter?"

Jule zog die Augenbrauen zusammen. Jonas wirkte ungewöhnlich unsicher. Ob das mit dem Getuschel zwischen ihm und Luca zusammenhing? Ein ungutes Gefühl breitete sich in Jules Magen aus.

„Okay“, sagte sie und nahm die Hände vom Fahrradschloss. Dann wandte sie sich Luca und Marie zu. „Ich komme dann später nach.“

Eine Weile liefen sie schweigend nebeneinander her. Jonas machte keine Anstalten, ihre Hand zu nehmen oder den Arm um sie zu legen. Im Gegenteil, er schien darauf bedacht, ausreichend Abstand zwischen ihnen zu halten. Schließlich entdeckten sie eine Bank und Jonas schlug vor, sich zu setzen.

„Ich ... äh ... wollte etwas mit dir besprechen“, begann er und fuhr sich mit der Hand durch die Haare. „Also ... wegen gestern. Ich hätte das nicht tun sollen.“

„Was hättest du nicht tun sollen?“ Jule setzte sich kerzengerade auf und starrte ihn herausfordernd an.

„Na ja, dich küssen und all das. Ich hätte das echt nicht tun sollen.“ Jonas kratzte sich verlegen am Unterarm.

„Wie bitte? Wieso das denn nicht? Hast du etwa eine Freundin?“ Jule fühlte das Blut in ihren Kopf schießen.

„Nein. Nein, ich habe keine Freundin.“ Jonas betrachtete aufmerksam seine Fußspitzen. „Es ist nur so – ich hab überhaupt nicht gewusst, dass du erst vierzehn bist, weißt du?

Ich dachte, du wärst genauso alt wie die Zwillinge. Fünfzehn war für mich schon hart an der Grenze. Aber vierzehn ... Das ist ganz schön krass."

Das war es also, worüber die beiden Jungen im Eiscafé gesprochen hatten. Jule fühlte sich wie ein Dampfkessel kurz vor dem Explodieren. Wer gab Luca das Recht, sich in ihre Angelegenheiten zu mischen? Warum hatte er Jonas auf ihr Alter hinweisen müssen? Was sollte daran überhaupt so schlimm sein? Sie war schließlich immer noch dieselbe Jule, die sie gestern gewesen war, oder etwa nicht? Gestern hatte Jonas sie noch geküsst. Dank Luca war sie ihm nun plötzlich zu jung.

„Versteh mich nicht falsch, Jule. Du bist ein tolles Mädchen. Aber ich möchte mir da keinen Ärger einhandeln. Wenn ich das gewusst hätte, hätte ich erst gar nichts angefangen. Ist vielleicht besser, wenn wir nicht mehr zusammen rumhängen. Nach gestern wäre es irgendwie komisch, findest du nicht?" Jonas verschränkte die Hände in seinem Schoß. „Ich meine, vierzehn. Das ist mir zu heftig. Hört sich jetzt hart an, aber ... also ... du bist ja quasi noch ein Kind."

Jule sprang auf. „Was? Du spinnst wohl!" Hatte sie richtig gehört? Ein Kind? Sie war längst kein Kind mehr. Das sollte Jonas gestern gemerkt haben.

Ihre Wangen brannten. So schrecklich hatte sie sich noch nie gefühlt. Gestern war sie sich gegenüber den Mädchen am Strand so großartig vorgekommen und jetzt war sie gerade ganz böse auf ihrem Hintern gelandet. Daran war allein Luca schuld!

„Ich geh dann wohl mal besser. Nicht dass dich deine Freunde noch mit so einem Kleinkind sehen."

Jule drehte sich auf dem Absatz um und stürmte davon. Jonas rief hinter ihr her, aber sie hatte keine Lust mehr, ihm zuzuhören. Es war einfach zu demütigend!

Jule brauchte drei Anläufe, um den Schlüssel in das Fahrradschloss zu bekommen, so sehr zitterten ihr die Hände. Luca sollte sich besser schon mal verdammt warm anziehen! Sie schwang sich in den Sattel und radelte los.

Es kracht im Gebälk

„Hast du sie eigentlich noch alle?“ Jule war sofort in Lucas Zimmer gestürmt. Ihr Kopf fühlte sich heiß an. Das mochte daran liegen, dass sie geradelt war wie eine Besessene oder daran, dass sie während der Heimfahrt immer wütender und wütender geworden war. Die Hände in die Hüften gestemmt, funkelte sie Luca an, der an seinem Schreibtisch vor dem Laptop saß.

„Jonas hat gerade gesagt, dass er sich lieber nicht mehr mit mir treffen möchte. Er findet, dass ich zu jung für ihn bin. Ich konnte mir anhören, dass ich noch ein Kind bin. Und alles nur, weil du ihn nicht dabeihaben wolltest. Dann kannst du ja jetzt zufrieden sein. Herzlichen Glückwunsch!“

Luca schwang auf dem Schreibtischstuhl herum und sah Jule erschrocken an.

„Moment mal. Er möchte gar nicht mehr mit dir zusammen sein? Also, nicht mal als Freunde?“

„Jetzt tu nicht so. Das war es doch, was du wolltest. Dir hat es von Anfang an nicht in den Kram gepasst, dass er bei uns mitmacht. Bravo. Jetzt hast du es geschafft. Kannst stolz auf dich sein", spie Jule ihm entgegen.

„Jule, hör mal. Das wollte ich wirklich nicht. Das musst du mir glauben." Luca stand auf, machte ein paar zaghafte Schritte auf Jule zu und fasste sie am Unterarm. „Ich wollte bloß ..."

„Fass mich nicht an!" Jule schlug seine Hand weg. „Weißt du was? Eure bescheuerten Detektivspiele kannst du dir von mir aus auch in die Haare schmieren! Nur weil du es nicht ertragen kannst, dass deine Mutter einen neuen Freund hat, schnüffelst du hinter ihm her. Bist ja ganz groß darin, Beziehungen kaputt zu machen!"

„Jule, jetzt bleib mal locker." Luca ließ die Schultern hängen. „Es tut mir leid. Ich wollte nicht, dass das passiert. Lass uns in Ruhe darüber sprechen. Dann erkläre ich dir, warum ..."

„Deine Erklärungen kannst du dir sparen! Es interessiert mich nicht, was du dir in deinem kranken Kopf gedacht hast. Ich lasse niemanden in meinem Leben herumpfuschen. Ich kann meine eigenen Entscheidungen treffen. Auch wenn du und Jonas das wohl anders seht, ich bin verdammt noch mal kein Kind mehr. In Zukunft lässt du mich einfach in Ruhe! Ich will nichts mehr mit dir zu tun haben."

Jule stürmte hinaus und knallte die Tür hinter sich zu. In ihrem Zimmer warf sie sich aufs Bett und vergrub das Gesicht im Kopfkissen. Sie war viel zu wütend, um zu weinen. Mit den Fäusten trommelte sie auf die Matratze ein, bis schließlich doch die Tränen liefen.

Ein paar Minuten später klopfte es an ihre Zimmertür.

Jule drehte sich auf die Seite.

„Hau ab!", brüllte sie durch die Tränen und schleuderte ihr Kopfkissen an die Tür.

„Jule, ich bin es, Marie. Kann ich bitte reinkommen?"

Langsam richtete Jule sich auf, wischte hektisch die Tränen aus dem Gesicht.

„Okay. Komm rein", schniefte sie.

Marie setzte sich zu ihr auf die Bettkante, legte ihr einen Arm um die Schulter und reichte ihr wortlos ein Taschentuch.

Während Jule sich geräuschvoll schnäuzte, streichelte ihr Marie beruhigend über den Rücken.

„Was war denn los?", fragte sie schließlich. „Ich habe euch schreien und Türen knallen hören. Luca wollte nicht so recht raus mit der Sprache."

„Kann ich mir vorstellen!", schnaubte Jule. „Schließlich hat er alles versaut."

Jule erzählte Marie, was vorgefallen war.

„Oh Mann, das war wirklich eine bescheuerte Idee. Aber ich bin sicher, er hat nicht gedacht, dass Jonas so reagiert." Marie drückte Jule aufmunternd.

„Warum mischt er sich dann überhaupt in meine Angelegenheiten ein? Wieso erzählt er Jonas, wie alt ich bin? Das ist doch vollkommen egal! Ob nun vierzehn oder fünfzehn – was spielt das für eine Rolle?“ Jule zerknüllte die Taschentuchpackung, die Marie ihr reichte, in der Faust.

„Hm. Also ehrlich gesagt, so völlig egal ist es wirklich nicht“, begann Marie vorsichtig. „Schau mal. Jonas ist siebzehn und wird bald achtzehn. Er darf schon vieles, was du ... was wir ... nicht dürfen. Luca und ich werden im Herbst sechzehn. Du bist gerade im Januar vierzehn geworden ... und ...“

Jule rückte wütend ein Stück ab. „Na toll! Sagst du mir jetzt auch, dass ich noch ein Kind bin? Hat Luca dich etwa auch vollgequatscht? Gestern warst du noch auf meiner Seite und hast dich für mich gefreut, als ich dir erzählt habe, dass Jonas mich geküsst hat.“

„Das bin ich auch immer noch, Jule. Ich meine nur, was Luca sagt, ist nicht ganz falsch. Zwischen siebzehn und vierzehn – das ist schon ein ziemlicher Unterschied.“ Marie legte Jule die Hand auf den Arm. „Vielleicht ... na ja, vielleicht will Jonas Sachen, die du noch nicht ...“

„Hast du geglaubt, ich schlafe gleich mit ihm? Geht es darum?“ Jule sprang vom Bett auf und tigerte im Zimmer hin und her. „Ich hüpf doch nicht gleich nach ein paar Tagen mit einem Typ ins Bett. Was denkt ihr denn?“

„Ich denke überhaupt nichts, aber Jonas könnte ... Er hat vielleicht andere Erwartungen, was das angeht. Wahrscheinlich hat sich Luca einfach Sorgen um dich gemacht. Er ist schließlich ziemlich dicke mit Jonas' Exfreundin."

Jule blieb stehen und sah Marie verwundert an.

„Anna-Lena. Wusstest du das nicht? Sie war letztes Jahr sechs Monate mit Jonas zusammen. Vielleicht ... vielleicht hat Luca da etwas aufgeschnappt und hatte Angst, du könntest etwas tun, was du später bereust."

„War ja klar, dass du zu deinem Bruder hältst und mir voll in den Rücken fällst." Jule ließ sich auf den Sessel in der Ecke fallen. „Für wie doof haltet ihr mich denn? Ich bin kein Baby mehr, ihr braucht euch hier nicht aufzuspielen, als wärt ihr meine Eltern. Ihr seid gerade mal ein Jahr älter als ich."

„Ich halte dich überhaupt nicht für doof, Jule. Aber du weißt doch, wie das ist. Wenn man verliebt ist, macht man manchmal bescheuerte Sachen. Jungs können ziemlich hartnäckig sein, wenn sie was wollen." Marie stand auf und streckte Jule ihre Hand hin. „Komm, wir sind doch Freunde, oder? Lass uns nicht streiten."

Jule verzog den Mund.

„Bis eben dachte ich auch, dass wir Freunde wären. Aber anscheinend hab ich mich da getäuscht."

„Komm, Jule, jetzt sei nicht sauer. Luca hat es sicherlich

nicht böse gemeint. Und ich schon mal gar nicht. Sieh mal – dass Jonas jetzt so schnell auf Distanz gegangen ist, zeigt doch, dass er sich mehr erhofft hat. Vielleicht ist es wirklich besser so. Nachher hättest du dich unter Druck gesetzt gefühlt und …“

„Aber das wäre meine Entscheidung gewesen. Verstehst du? Meine! Und nicht Lucas – oder deine!“ Jule war wütend.

Resigniert zuckte Marie mit den Schultern.

„Ja, ich schätze, da hast du recht. Es war unfair, das hinter deinem Rücken zu machen und nicht vorher mit dir zu sprechen. Ich bin sicher, es tut Luca leid. Bitte vertragt euch doch wieder.“

Jule schüttelte den Kopf.

„Nein. Niemals. Das verzeih ich ihm nicht.“

„Ach komm, Jule. Wir sind ein Team – schon vergessen? Wir brauchen dich. Nicht nur bei unseren Ermittlungen.“ Marie sah Jule bittend an. „Ich habe vorhin mit Jens gesprochen. Er hat gesagt, wir können jederzeit bei ihm vorbeischauen. Sein Atelier ist in der Feldstraße, in der Nähe vom ZOB.“

„Nein danke, kein Interesse. Außerdem wäre ich sicher keine große Hilfe. Schon vergessen, dass ich noch ein kleines Kind bin, das keine eigenen Entscheidungen treffen kann?“ Jule pustete sich eine Haarsträhne aus dem Gesicht. „Wenn ihr mich fragt, solltet ihr auf Kommissar

Pohlmann hören und einfach die Polizei ihre Arbeit machen lassen."

„Okay." Marie sah Jule an und ließ die ausgestreckte Hand sinken. „Schade, dass du so denkst. Hör zu, ich kann verstehen, dass du sauer auf Luca bist. Seine Aktion war wirklich nicht fair, auch wenn ich sicher bin, dass er es nicht böse gemeint hat. Überleg es dir noch einmal, ob du dich nicht doch mit ihm vertragen möchtest. Lass uns einfach mal eine Nacht oder zwei drüber schlafen, bevor dieser ganze Mist unsere Freundschaft kaputt macht, okay?"

Marie streckte Jule noch einmal die Hand hin.

„Okay." Jule nickte. Dieses Mal ergriff sie Maries Hand und drückte sie kurz.

„Wir könnten in der Zwischenzeit auch allein zu Jens fahren – ohne Luca", schlug Marie vor. „Er hat versprochen, eine Runde mit uns auf seinem Motorrad zu fahren. Wenn Luca hört, dass wir ohne ihn da waren, ärgert er sich schwarz!"

Jule grinste breit. Die Gelegenheit, Luca für seine Petzerei eins auszuwischen, konnte sie sich natürlich nicht entgehen lassen. „Wenn das so ist, komme ich natürlich mit."

Auf eigene Faust

Jule wälzte sich nun schon eine ganze Weile im Bett und konnte einfach nicht einschlafen. Sie wusste nicht, was sie wach hielt: ob es der schreckliche Streit mit Luca war oder die Tatsache, dass Jonas nichts mehr von ihr wissen wollte. So richtig sicher war sie sich ja selbst nicht gewesen, was Jonas anging. Aber so abserviert zu werden war ein verdammt blödes Gefühl.

Und noch etwas anderes beschäftigte sie. Konnte Jonas der Junge aus Madame Cassandras Prophezeiung sein, wenn er sich so schnell vergraulen ließ? Konnte es sein, dass alles Teil des großen Schicksalsplans war? Wenn Madame Cassandra wirklich hellsehen konnte, hätte sie dann nicht voraussehen müssen, dass genau dies passieren würde? Dann bedeutete es womöglich, dass Jonas ohnehin nicht der Richtige war und Luca ihr unwissentlich noch einen Gefallen getan hatte. War es doch Mats, den das Schicksal für sie vorgesehen hatte?

Jule war vom Nachdenken bereits ganz schwindelig. Vielleicht war auch einfach alles Aberglaube. Womöglich gab es ihn überhaupt nicht, den passenden Deckel zum Topf – den Jungen, der sie so mochte, wie sie war, der zu ihr hielt und in den sie sich richtig verlieben konnte. Der, bei dem es den großen Knall, den Blitzschlag mit Trommelwirbel, die Schmetterlingsgeschwader und all das geben würde. Der, bei dem sie nicht über Affen und Vertragsabschlüsse nachdachte, wenn er sie küsste.

Jule seufzte und rollte sich auf die Seite. Ihre Augen füllten sich mit Tränen. Es konnte doch sein, dass es so etwas nur im Film gab. Die Realität – zumindest ihre – sah anscheinend ganz anders aus.

Am Morgen fühlte Jule sich wie gerädert. Sie hatte zwar irgendwann unruhig geschlafen, aber ihre Augenlider waren vom Weinen schwer und verquollen. Sie schleppte sich ins Bad und klatschte sich am Waschbecken eine Ladung kaltes Wasser ins Gesicht. Während sie ihr Gesicht mit dem Handtuch trocken tupfte, schaute sie sich im Spiegel an. Nein, so schnell würde sie sich nicht in ihr Schicksal hineinpfuschen lassen. So schnell wollte sie die Hoffnung noch nicht aufgeben. Sie war weder hässlich noch langweilig oder zu jung für die Liebe. Sollten Jonas und Luca doch denken, was sie wollten. Sie konnte sehr wohl ihre eigenen Entscheidungen treffen und die erste war, dass sie mit Marie diesem Jens einen Besuch abstatten würde. Und danach würde sie sich mit Mats verabreden.

Jule hatte das Frühstück ausfallen lassen, um Luca nicht begegnen zu müssen. Gegen Mittag hatte sie sich mit Marie auf den Weg zu Jens gemacht. Sie stellten die Fahrräder vor dem roten Klinkerbau ab und klingelten. Laute Rockmusik dröhnte aus der Wohnung und Jens öffnete in farbverschmierten Jeans und einem schwarzen Unterhemd.

„Oh, hey! Ihr seid's."

Jens strich sich mit dem Handrücken eine unordentliche blonde Strähne aus der Stirn und bedeutete ihnen, hereinzukommen. Von einem kleinen Flur führte Jens sie in einen offenen Wohnbereich, dessen hinterer Teil ihm gleichzeitig als Atelier zu dienen schien. Der Linoleumboden war dort mit bunten Farbsprengseln übersät und im Regal und auf dem Tisch standen zahlreiche leere Konservendosen mit Pinseln und Lappen. Mitten im Raum stand ein ausladendes altes Ledersofa mit zwei Sesseln und einem niedrigen Couchtisch, auf dem sich leere Pizzaschachteln, Tassen, Tüten und allerlei Krimskrams stapelten. Eine Theke mit vier schwarzen Barhockern trennte den Wohnbereich von der Küche.

„Setzt euch doch schon mal irgendwo, wo Platz ist." Jens grinste entschuldigend. „Bei mir ist es nicht immer so aufgeräumt. Ich geh mir mal schnell die Hände waschen und dann hol ich was zu trinken. Mögt ihr Eistee? Oder Cola?“

„Eistee wäre super, danke.“ Marie reckte neugierig den Hals, um die großformatigen Bilder, die im Atelierbereich an der Wand lehnten, zu beäugen.

Jens war ihrem Blick gefolgt. „Ihr könnt euch auch ruhig ein wenig umsehen. Bloß das vordere Bild bitte nicht anfassen, das muss noch trocknen.“

Die riesigen Leinwände trugen allesamt knallbunte Farben und erinnerten ein wenig an Graffiti. An den Wänden im Wohnraum hingen einige Glasbildträger mit Fotokollagen. Jule trat neugierig näher, um die Fotos zu betrachten, als Jens aus dem Bad kam.

„Das sind alles Fotos von meinen Streetart-Aktionen. Hauswände, U-Bahn-Tunnel, Stromkästen ... wo immer hässliche graue Flächen sind, mache ich die Welt mit meiner Kunst etwas schöner.“

„Ist das nicht verboten?“ Jule runzelte die Stirn.

„Ich male nur da, wo es erlaubt wurde. Aber es ist mühsam, bei den Städten und Verkehrsbetrieben legale Flächen für Kunst zugesprochen zu bekommen. Oft wollen die lieber Meter um Meter tristen Beton sehen. Und Geld wollen sie dafür schon gar nicht rausrücken.“

„Unser Schulgebäude könnte auch dringend einen neuen Look gebrauchen“, fand Marie. „Unsere Kunstlehrerin hat eine AG gegründet, die unsere Schule verschönern möchte. Luca ist natürlich dabei. Ich habe ja eher wenig von Mamas Talent abbekommen. Vielleicht könntest du die AG ja etwas unterstützen."

„Klingt gut. Allerdings könnte ich das nicht vollkommen umsonst machen. Streetart – das macht man aus Leidenschaft. Nicht für die Kohle. Man macht es, weil man 'ne Message hat, die man der Welt mitteilen möchte, und weil man ein bisschen Farbe in unseren grauen Alltag bringen möchte. Aber ... na ja, die Rechnungen zahlen sich halt auch nicht von allein. Wenn ich nicht bei Oliver in der Agentur aushelfen würde, säße ich wahrscheinlich schon auf der Straße."

Er lachte, als ob ihn die Aussicht nicht schrecken konnte. „Leben am Limit! So ist das in der Kunst. Aber ich habe auf Olivers Anraten vor Kurzem angefangen, auch auf Leinwand zu malen. Er möchte mir helfen, Ausstellungen zu organisieren und Gemälde zu verkaufen. Aber eigentlich ist das nicht mein Ding. Mit Galeristen im Anzug und Kostümchen Prosecco schlürfen, zu Vernissagen und Ausstellungen gehen ... Ich würde lieber reisen und überall auf der Welt spontan meine Kunstwerke entstehen lassen. Ich will was bewegen, versteht ihr?"

„Die sind aber ziemlich gut." Marie deutete auf die Gemälde im hinteren Bereich.

„Danke. Bloß viel werden sie nicht einbringen. Hier in Deutschland geben die Leute nicht viel Geld für Kunst aus. Wenn man erst einmal international bekannt ist, sieht die Sache schon wieder ganz anders aus. Aber na ja, solange es zum Leben reicht …" Jens fuhr sich mit der Hand durch die verwuschelten blonden Haare. „Oh, aber ich bin ein mieser Gastgeber. Ich wollte euch doch was zu trinken holen."

Als Jens hinter dem Küchentresen verschwunden war, stieß Marie sie mit dem Ellenbogen an und zog vielsagend die Augenbrauen hoch.

„Und? Definitiv besser als Oliver, oder?", wisperte sie.

Jule nickte eifrig und bemühte sich um einen neutralen Gesichtsausdruck, da Jens bereits mit den Getränken zurückkam.

„Schlimme Sache übrigens mit dem Einbruch bei euch, Marie." Jens ließ sich ins Polster fallen. „Weiß man schon, wer es war?"

„Leider nein. Die Polizei tappt vollkommen im Dunkeln. Es sieht alles danach aus, als ob sie gezielt die wertvollsten Gemälde mitgenommen haben. Das würde bedeuten, der oder die Täter – oder die Täterin – kannte sich aus."

„Oder hat einfach einen Glücksgriff gemacht." Jens nippte an seinem Eistee und kratzte seinen Dreitagebart. „Eva ist schließlich oft in der Presse. Sie konnten also schon davon ausgehen, dass die Bilder einiges wert sind."

„Das stimmt auch wieder." Jule nickte. „Und die Bilder hingen direkt im Erdgeschoss, im Wohnzimmer. Sie waren also nicht zu übersehen. Vielleicht haben die Diebe einfach die erstbesten Gemälde mitgenommen, ohne zu wissen, wie viel sie tatsächlich wert sind."

„Sag mal, du kennst doch bestimmt auch andere Künstler, oder?", fragte Marie möglichst beiläufig.

„Klar, ein paar schon. Wieso?", wollte Jens wissen.

„Kennst du zufällig Egon Daschner? Der soll auch hier im Ort wohnen. Ich habe aber keine Ahnung, wo."

Jens legte den Kopf schräg und sah Marie mit fragender Miene an. „Daschner? Den kenne ich nur flüchtig. Warum willst du wissen, wo der wohnt?"

„Na ja, Oliver hat erzählt, dass er für ihn gerade eine Ausstellung in den USA organisiert, und ich dachte, es wäre vielleicht eine gute Idee, wenn ich ihn für unsere Schülerzeitung interviewe", log Marie und verzog dabei keine Miene.

Jens schob die Unterlippe vor.

„Jetzt triffst du mich aber mitten ins Herz, Marie. Diesen Daschner willst du interviewen und mich nicht?"

Marie errötete. „Na ja, äh ... schon. Vor allem, wenn du unserer AG etwas unter die Arme greifst."

„Schon klar. Eine Ausstellung in den USA hab ich halt noch nicht zu bieten." Jens tat so, als ob er schmollte. „Da bin ich nicht so interessant."

„Falsch.“ Jule kam ihrer Freundin zu Hilfe. „Marie möchte nur sichergehen, dass sie dich für die AG gewinnen kann.“

Jens lachte. „Na, ihr seid mir ja zwei ganz Ausgebuffte! Erpressung nennt man so was, glaube ich. Leider kann ich euch nicht genau sagen, wo Daschner wohnt. Sein Atelier ist irgendwo in der Sylter Straße, eine genaue Adresse hab ich auch nicht. Aber warum fragt ihr nicht einfach Oliver? Er ist schließlich sein Agent.“

Marie schlug sich mit gespielter Überraschung vor die Stirn. „Ach, na klar! Wieso bin ich darauf nicht gleich gekommen? Ich werd morgen einfach Oliver fragen. Du, gilt eigentlich das Angebot mit der Motorradfahrt noch?“

„Na, aber sicher. Ich hol noch meinen alten Helm und eine Lederjacke. Ganz ohne Schutzkleidung geht es nicht.“

Jules Beine zitterten noch immer ein wenig von der rasanten Fahrt auf Jens’ Motorrad. Es war ein irres Gefühl, wie der Wind um einen herum brauste und man die Kraft des Motors direkt am Körper spüren konnte. Aber sie musste zugeben, dass sie auch ein wenig Muffensausen gehabt hatte, wenn Jens sich in die Kurve legte. Sie bedankte sich und reichte Helm und Lederjacke an Marie weiter. Dann verabschiedete sie sich, um Mats am Hafen zu treffen. Die Zeit bei Jens war ziemlich schnell vergangen. Er hatte ihnen Bilder von seinen Streetart-Aktionen gezeigt und ihnen seine neue Airbrush-Pistole vorgeführt, die sie sogar selbst hatten ausprobieren dürfen. Jens war in der Tat ein ganz anderer Typ als sein Bruder Oliver, und Jule wurde das Gefühl nicht los, dass Marie ein kleines bisschen verschossen in ihn war.

Für drei Uhr war Jule mit Mats vor dem Kino verabredet. Auf der Fahrt dorthin dachte Jule, dass sie eigentlich ganz dankbar war, einen Grund zu haben, sich von zu Hause fernzuhalten. Dort herrschte ohnehin nur dicke Luft. Eva hatte das eisige Schweigen zwischen ihr und Luca bereits mit hochgezogenen Augenbrauen registriert. Es war sicher nur eine Frage der Zeit, bis sie sich einmischte.

Jule hatte keine gesteigerte Lust auf ein Krisengespräch mit ihrer Patentante und schon gar nicht auf eine Aussprache mit Luca. Allein der Gedanke daran brachte sie bereits wieder auf die Palme. Vor allem ärgerte sich Jule darüber, dass sie sich ärgerte. Sollte Luca sie doch für zu unreif halten, vernünftige Entscheidungen zu treffen. Den Schuh musste sie sich noch lange nicht anziehen. Mit seiner Aktion in der Eisdiele war er jedenfalls eindeutig zu weit gegangen. Und so schnell würde sie ihm das nicht verzeihen.

Jule musste schmunzeln, als sie den altmodischen Kinosaal betraten. Es war schon ein gewaltiger Unterschied, ob man aus einer Großstadt mitten im Ruhrgebiet kam oder einem beschaulichen kleinen Ort mit weniger als zehntausend Einwohnern an der Küste. Wenn sie hier auch keine Auswahl hatten, was das Filmprogramm anging, war es doch irgendwie gemütlich. Es war kuscheliger als ein großes Multiplex-Kino und hatte etwas von Wohnzimmer. Sie beschloss, ihre Verabredung mit Mats einfach zu genießen, und ließ ihn gewähren, als er – betont beiläufig – die Hand auf ihre legte.

Hand in Hand verließen sie nach der Vorstellung das Kino und schlenderten zum Hafen hinunter, wo sie sich in ein Café setzten und sich Pommes frites und eine eiskalte Cola gönnten. Mats schwärmte in höchsten Tönen von dem Film. Jule war es ehrlich gesagt zu viel Action und zu wenig Handlung gewesen, aber sie wollte nicht den Spielverderber geben. Also lächelte und nickte sie nur, während sie Händchen haltend auf der sonnenbeschienenen Terrasse saßen, den Blick auf den Hafen genossen, abwechselnd Pommes in den Ketchup stippten und sich gegenseitig damit fütterten. Eigentlich war es doch ganz schön so, und wenn sie ehrlich war, war sie auch froh, dass dieses Doppeldate-Versteckspiel vorbei war. Bloß den Blitzschlag, den Trommelwirbel und das – wie hatte Madame Cassandra noch gesagt? – *ganz tiefe Gefühl* vermisste sie noch. Abwarten und Tee – beziehungsweise Cola – trinken, hieß die Devise. Konnte ja noch kommen.

„Gibt es eigentlich was Neues von den Bilderdieben? Hat die Polizei sie gefasst?", wollte Mats wissen.

Jule schüttelte den Kopf.

„Nee. Da tut sich nichts."

„War zu befürchten." Mats nickte. „Mein Onkel sagt, die Aufklärungsquote bei Wohnungseinbrüchen liegt ungefähr bei 15 Prozent. Aber wolltet ihr nicht selber ermitteln?"

„Ach – das haben wir aufgegeben", winkte Jule ab. Sie hatte keine Lust, an ihren Zoff mit Luca erinnert zu werden. Außerdem konnte sie Mats schlecht den Auslöser des Streits erklären.

„Was? Da passiert hier endlich mal was Spannendes und ihr gebt gleich auf?" Mats lachte.

„Na ja, wir äh ... waren uns nicht ganz einig, wie wir weiter vorgehen", sagte Jule. Ganz gelogen war das schließlich nicht.

„Vielleicht hab ich ja die rettende Idee", meinte Mats. „Erzähl doch mal. Ermittlungsarbeit ist doch genau mein Ding, schließlich will ich später auch zur Polizei."

Widerstrebend erzählte Jule Mats von ihrem Verdacht, von ihren bisherigen Ansätzen und der Spur zu Daschner. Eigentlich hatte sie überhaupt keine Lust, sich mit dem Thema zu beschäftigen. Das erinnerte sie nur wieder an ihren Ärger und sie bekam schlechte Laune.

„Weißt du was? Wir beide könnten doch mal diesem

Daschner auf den Zahn fühlen“, schlug Mats vor. „Wo sagtest du noch gleich ist sein Atelier?“

„In der Sylter Straße. Die Hausnummer kenne ich nicht“, entgegnete Jule.

„Die Sylter Straße ist nicht besonders lang. Ich schätze, das finden wir auch so.“ Mats kratzte sich am Kopf. „Da gibt es eine Apotheke und, soweit ich weiß, auch eine Postfiliale. Irgendwer wird bestimmt wissen, wo das Atelier ist.“

„Und dann? Gehen wir dann hin und sagen: ‚Entschuldigen Sie vielmals, Herr Daschner, wir hätten dann mal gern ihr Atelier und ihre Wohnung durchsucht. Wir suchen nämlich ein paar gestohlene Gemälde.‘“ Jule schnappte sich die letzte Pommes und wischte damit den kläglichen Rest Ketchup vom Teller.

„Quatsch! Natürlich nicht!“, lachte Mats. „Wir brauchen eine Tarnung. Keine Ahnung, wir sagen, wir wollen ein Interview mit ihm machen und uns seine Arbeit angucken für … für … äh … die Schulhomepage.“

„So erfahren wir aber noch lange nicht, ob er in den Einbruch verwickelt ist.“ Skeptisch zog Jule die Augenbrauen zusammen.

„Nein, das nicht. Aber du bekommst schon mal einen Eindruck von dem Typ. Manchmal ist das Bauchgefühl bei Ermittlungen kein schlechter Ratgeber, sagt mein Onkel immer. Lässt er uns bereitwillig rein und zeigt uns sein

Atelier, ist er eher unverdächtig. Weigert er sich, ist das schon eine andere Sache." Mats ließ sich so schnell nicht von seinem Plan abbringen.

„Ich weiß nicht." Jule legte den Kopf schräg. „Vielleicht ist der aber auch einfach ein guter Schauspieler, dann kommen wir auch nicht weiter."

„Ach komm schon, Jule. Ich wollte immer schon mal ein bisschen Detektiv spielen. Schaden kann es jedenfalls nicht. Und wenn wir irgendetwas Verdächtiges bemerken, gehen wir damit zur Polizei." Mats sah sie mit seinen großen braunen Augen an. Dieser Ausdruck hatte etwas von einem niedlichen kleinen Hundewelpen, der um ein Stück Wurst bettelte. Wenn Mats sie so ansah, konnte Jule ihm nur schwer etwas abschlagen.

„Also gut. Aber vorher überlegen wir uns ein paar Fragen für das Interview und recherchieren noch etwas über seine Arbeiten. Sonst fällt es auf."

Glücklicherweise konnte die freundliche Dame in der Postfiliale ihnen sagen, wo sie das Atelier des Künstlers finden konnten. Mats und Jule schoben ihre Räder in den Hinterhof, in dem sich Daschners Atelier und Wohnräume befanden.

Nachdem sie ihre Räder abgeschlossen hatten, stiegen sie die Stufen zum Eingang hinauf.

„Hier ist es!“ Jule zeigte mit dem Finger auf ein ausgebleichtes Klingelschild. „E. Daschner.“

Sie atmete noch einmal tief durch und drückte den Klingelknopf.

Eine Weile später hörte man im Innern des Hauses eine Tür quietschen. Schritte näherten sich, und es wurde geöffnet. Jule erkannte Daschner, den braunhaarigen, leicht untersetzten Mann, den sie mit Oliver auf dem Parkplatz vor dem „Lobster“ gesehen hatte. Er trug einen blauen Arbeitsanzug, wie ihn Mechaniker oft anhatten, und sah abgekämpft aus.

„Guten Tag, Herr Daschner“, grüßten Jule und Mats artig.

Fragend blickte der Künstler auf die beiden Jugendlichen.

„Sammelt ihr für die Gemeinde?“

„Nein. Wir ... äh ... kommen vom Klaus-Harms-Gymnasium und arbeiten in den Ferien an einer Präsentation für den Kunstunterricht. Und da Sie ja ein lokaler Künstler sind, dachten wir – wir wollten fragen, ob Sie sich bereit erklären würden, uns ein Interview zu geben“, erklärte Mats.

„... und uns vielleicht einen klitzekleinen Blick in Ihr Atelier gewähren würden?“, ergänzte Jule.

Daschner runzelte die Stirn.

„Eigentlich passt mir das jetzt überhaupt nicht. Ich stecke mitten in den Vorbereitungen für eine wichtige Ausstellung.“

Kaum merklich stieß Mats Jule mit dem Arm an.

„Warum fragt ihr nicht die Freymuth? Um die reißen sich doch alle“, setzte Daschner nach einer kurzen Pause hinzu.

„Nee, über die Freymuth schreiben schon zwei andere aus unserer Klasse. Außerdem finde ich Ihre Lichtskulpturen viel krasser!“ Mats lächelte sein gewinnendstes Mats-Lächeln. Jetzt war Jule doch froh, ihn eingeweiht zu haben. Er erwies sich als echtes Improvisationstalent.

Auf Daschners Gesicht breitete sich nun ebenfalls ein Lächeln aus. Der Künstler fühlte sich offensichtlich geschmeichelt. Er warf einen Blick auf seine Armbanduhr.

„Also gut. Ausnahmsweise. Ich wollte mir ohnehin gerade eine Kaffeepause gönnen. Dann kommt mal rein. Ich habe allerdings nicht ewig Zeit.“

„Dauert nicht lang. Versprochen. Danke, Herr Daschner“, sagte Mats, und sie folgten dem Künstler in den Flur des Hauses.

Daschner deutete auf eine grün gestrichene Stahltür zu ihrer Rechten.

„Hier ist mein Atelier. Ein echter Glücksfall. Da war früher mal eine zahntechnische Werkstatt drin. Für meine Kunstwerke brauche ich viel Platz, nicht wahr?“ Er öffnete die Tür und sie betraten einen großen Raum, der eher an eine Fabrikhalle oder eine Werkstatt erinnerte. Überall lagen Kabel, Metallteile, Stahlplatten und Leuchtstoffröhren auf großen Werktischen, über denen lange, kastenförmige Lampen hingen. Die schmalen, rechteckigen Fenster lagen hoch an der Wand und ließen viel Tageslicht herein, ohne dass man von außen in die Werkstatt sehen konnte.

„Hier fertige ich aus den Entwürfen, die ich am Schreibtisch zeichne, meine Skulpturen“, erläuterte Daschner und führte sie zu einem riesigen quaderförmigen Gebilde aus Stahlplatten und Plexiglas. Es reichte Jule bis knapp unter die Nase. „Hier, an diesem Stück arbeite ich gerade. Es ist noch nicht ganz fertig.“

Daschner nahm den Deckel der Skulptur ab und enthüllte ein Gewirr aus Kabeln und kleinen Lämpchen im Innern.

„Passt mal auf.“ Er griff nach einer Fernbedienung und, nachdem er einen Knopf betätigt hatte, fuhren automatisch Verdunkelungsrollos vor den Fenstern herunter. Daschner betätigte einen Schalter an der Skulptur. Die Plexiglas-Ausschnitte in den Stahlplatten begannen, in verschiedenen Farben aufzuleuchten.

Daschner machte einen Schritt zurück. Sofort wechselten die Leuchtfenster und ein anderes Muster in einer anderen Farbe entstand.

„Bewegt euch einmal um das Objekt herum“, forderte der Künstler Mats und Jule auf.

Langsam liefen Mats und Jule um die Skulptur herum. Die Lichter schienen auf ihre Bewegungen zu reagieren und erzeugten immer neue Muster in wechselnden Farben. Jule hob den Arm. Sofort reagierte der Lichtwürfel.

„Hammer!“, entfuhr es Mats.

„Das ist wirklich faszinierend“, fand Jule.

„Ich experimentiere derzeit mit interaktiven Lichtobjekten, die auf Bewegung, aber auch auf Umgebungsgeräusche und menschliche Sprache reagieren. Aktuell bereite ich mich auf eine große Ausstellung in einer renommierten Galerie in New York vor, die nächsten Monat stattfinden soll.“ Egon Daschner war sichtlich stolz. Wieder betätigte er den Knopf auf der Fernbedienung und die Rollos fuhren hoch.

„Die meisten Objekte sind daher schon für den Transport zerlegt. Ich bin dabei, sie zu verpacken und für den Zoll fertig zu machen.“

Daschner deutete auf eine Reihe riesiger, flacher Kartons und große Rollen Blisterfolie. Jule liebte es, die kleinen Plastikbläschen zwischen den Fingern zu zerknacken, und überlegte, wie lange man wohl brauchte, um alle Bläschen auf so einer Rolle zerplatzen zu lassen.

Auf einem der Werktische entdeckte Jule ein großes Stück bemalter Leinwand. Es sah nicht aus, als habe sich jemand große Mühe damit gegeben. Vielmehr wirkte es, als habe jemand willkürlich Farbe mit Pinsel und Spachtel darauf verteilt.

„Malen Sie auch?“

„Malen?“ Daschner schaute irritiert. Dann folgte er ihrem Blick und lachte. „Ach so … wegen der Leinwand. Na ja, ich habe mal ein bisschen mit Acrylfarbe experimentiert. Einfach, um ein Gefühl für Textur und Auftrag zu bekommen, aber ich fürchte, Malerei ist einfach nicht mein Ding. Ich bleibe bei den Skulpturen. Daran interessiert mich vor allem auch der technische Aspekt. Ich bin gelernter Maschinenschlosser, müsst ihr wissen.“

„Das ist ja interessant.“ Jule zückte Notizbuch und Kugelschreiber. Beides hatte sie unterwegs noch in einem kleinen Zeitschriftenladen erstanden. Sie wollte wenigstens einen halbwegs professionellen Eindruck machen, um keinen Verdacht zu erregen. „Können Sie uns vielleicht auch noch ein bisschen was über die Ausstellung in New York erzählen? Das klingt ungemein spannend.“

„Lasst uns dafür in meine Wohnung rübergehen“, schlug Daschner vor. „Dann mache ich mir einen Kaffee und ihr könnt mich solange löchern. Danach muss ich euch leider rausschmeißen. Möchtet ihr auch was trinken?“

„Vielen Dank, nicht nötig, Herr Daschner“, lehnte Mats höflich ab.

Sie folgten dem Künstler über den Flur, durch den sie das Haus betreten hatten, in seine Wohnung. Jule bemerkte, dass Daschner die Tür zum Atelier offen ließ.

Der Künstler dirigierte Jule und Mats zu einem Sofa und machte sich an einer monströsen Kaffeemaschine zu schaffen, die unter lautem Getöse einen Kaffee bereitete. Mit der Tasse kam Daschner zu Jule und Mats herübergeschlurft und ließ sich in einen Sessel gegenüber fallen.

Jule zog den Zettel vom Rechnungsblock der freundlichen Bedienung im Café hervor, auf dem sie sich Stichworte für das Interview gemacht hatte. Sie reichte ihn Mats und er begann, Fragen zu stellen, während Jule eifrig Notizen machte. Daschner berichtete stolz von seiner künstlerischen Laufbahn. Nach einer Weile legte Jule das Notizbuch zur Seite.

„Entschuldigung, Herr Daschner. Ich müsste mal zur Toilette. Dürfte ich vielleicht …“

„Natürlich. Die Gästetoilette gehörte früher zum Zahntechnik-Labor. Dafür musst du über den Flur und dann ist es die erste Tür links.“

Jule schlüpfte aus der Tür. Was für ein Glück! Das war die perfekte Tarnung für einen kurzen Ausflug in Daschners Atelier. Die bemalte Leinwand hatte sie stutzig gemacht. Irgendetwas an der Geschichte kam ihr merkwürdig vor. Sie wusste nur noch nicht so recht, was es war.

Jule schlich ins Atelier und näherte sich dem Werktisch, auf dem sie die Leinwand entdeckt hatte. Bei näherer Untersuchung entpuppten sich Daschners angebliche Malversuche als zwei rechteckige Stücke Leinwand, auf die eine dicke Schicht Acrylfarbe aufgetragen worden war. Jule runzelte die Stirn. Nicht dass sie Expertin gewesen wäre, aber spannte man Leinwand nicht für gewöhnlich auf einen Rahmen, um sie zu bemalen? Warum war diese Leinwand nicht gespannt? Hatte Daschner den Rahmen entfernt, um ihn anderweitig zu verwenden? Neben den Leinwandzuschnitten entdeckte Jule einen Haufen Skizzen und Aufzeichnungen. Schnell zückte sie das Handy und machte einige Fotos. Sie stutzte wieder. Zwei rechteckige Stücke Leinwand. Wenn sie sich die beiden Stücke nebeneinander an der Wand vorstellte ... Das konnte unmöglich Zufall sein! Diese Leinwände hatten ungefähr dasselbe Format wie Evas „Zwillingsseelen“! Hatte Daschner die gestohlenen Gemälde etwa zur Tarnung übermalt? Aber wie könnte er eine zweite Farbschicht später entfernen, ohne dass das Gemälde darunter Schaden nahm? Vorsichtig kratzte sie in einer Ecke an der obersten Farbschicht. Darunter kam nur weiße Leinwand zum Vorschein. Wozu diese Leinwände?

Jule hörte ein Geräusch vom Flur her. Rasch wandte sie sich ab, lief zur Tür und trat auf den Flur hinaus. Dabei lief sie beinahe dem verdutzten Daschner in die Arme.

„Was machst du denn hier drin?“

„Ich ... ich schätze, ich habe mich verlaufen. Wo, sagten

Sie noch gleich, ist die Toilette?" Jule spürte, wie sie zitterte. Hoffentlich merkte der Künstler ihr ihre Nervosität nicht an.

Daschner hatte die Augenbrauen zusammengezogen. „Erste Tür links. Nicht rechts."

„Oh, verstehe … das andere Links." Jule lachte und schlug sich mit der flachen Hand vor die Stirn.

Daschner drückte ihr eine Rolle Toilettenpapier in die Hand.

„Hier. Mir fiel ein, dass ich nicht weiß, ob dort noch genug Papier ist."

„Vielen Dank." Jule beeilte sich, Daschners kritischem Blick zu entkommen. Sie schloss die Toilettentür hinter sich und atmete tief durch. Hoffentlich hatte er keinen Verdacht geschöpft!

Ein riskanter Plan

Nachdem Jule sich von Mats verabschiedet hatte, radelte sie aufgeregt nach Hause. Es war bereits halb sieben und sie musste sich beeilen, um rechtzeitig zum Abendessen zu kommen. Sie wollte sich nicht noch zusätzlichen Ärger mit Eva einhandeln. Sie brannte darauf, Marie von ihrer Entdeckung zu berichten – allerdings hatte sie keine Lust, auch Luca einzuweihen. Jule kannte ihre Freundin Marie lang genug, um zu wissen, dass sie ihren Bruder unter Garantie mit ins Boot holen würde. Bis auf Weiteres fühlte Jule sich jedoch noch nicht bereit, ihm zu verzeihen.

Erst jetzt fiel ihr auf, dass sie den ganzen Tag über nicht an Jonas gedacht hatte. Hätte es sie nicht in Verzweiflung stürzen müssen, dass es zwischen ihnen aus war? Wenn sie darüber nachdachte, kochte ihre Wut auf Luca wieder hoch. Ja. Jonas war drei Jahre älter. Und ja, es war sehr gut möglich, dass er mehr von ihr erwartete als Knutschen und Händchen halten. Na und? Das hätte sie ihm auch sehr gut selbst klarmachen können.

Hielt Luca sie wirklich für so dumm und unreif, dass er sich als Beschützer aufspielen musste? Sie war kein Baby mehr und er nicht ihr Babysitter! Das konnte sie doch nicht einfach so vergessen.

Jule brachte das gemeinsame Abendessen hinter sich, indem sie oberflächlich freundlich tat, aber nur das Allernötigste mit Luca redete. Dann verzog sie sich in ihr Zimmer, um die Fotos aus Daschners Atelier noch einmal genauer unter die Lupe zu nehmen. Sie betrachtete die Skizzen. Es schienen Baupläne für einen Lichtkubus zu sein wie den, den Mats und Jule in Daschners Atelier gesehen hatten. Neben Konstruktionszeichnungen hatte Daschner Materialien und Maße aufgelistet. Jule betrachtete die Liste nachdenklich.

Wozu brauchte er Leinwand und Schaumstofffolie in einem Lichtobjekt? War bemalte Leinwand womöglich lichtdurchlässig und Daschner wollte sie in einem seiner Lichtkunstwerke verwenden? Aber wozu diente dann die Schaumstofffolie? Oder hatte er sich hier überlegt, wie er seine Kunstwerke am günstigsten demontieren und verpacken sollte? Aber dazu brauchte er keine Leinwand – schon gar keine bemalte. Jule zog die Stirn kraus, während ihr Blick auf die Maße fiel, die Daschner für die Leinwandstücke notiert hatte. Zwei Leinwandstücke mit einer Größe von 90 x 120 cm. Jule sprang auf. Sie musste dringend etwas überprüfen. Sie schnappte sich den Prospekt, den sie aus dem Museum mitgenommen hatte. Er hatte ungefähr DIN-A4-Format. Dreimal die lange Seite waren etwas weniger als 90 Zentimeter.

Zum Glück war niemand im Wohnzimmer. Die Zwillinge spielten draußen auf dem Rasen Fußball, Eva saß mit Oliver bei einem Glas Wein auf der Terrasse und genoss den Blick auf die Schlei. Gut, solange sich keiner von ihnen umdrehte. Jule kletterte auf eines der Badewannensofas und legte das DIN-A4-Blatt bei einem der zwei hellen Rechtecke auf der Tapete an. Es passte nicht ganz dreimal nebeneinander und in der Höhe knapp viermal. Hm. Enttäuscht stieg Jule vom Sofa. Das bedeutete, Evas Gemälde waren etwas kleiner als Daschners Leinwandstücke. Jule schlich zurück in ihr Zimmer und ließ sich aufs Bett fallen. Verflucht! Sie war sich so sicher gewesen. Vielleicht sollte sie doch Marie und Luca einweihen. Den beiden fiele unter Garantie etwas dazu ein – und Luca kannte sich sogar noch mit Gemälden aus, schließlich malte er auch.

Doch wenn sie jetzt um Hilfe bat, bedeutete das nicht, dass sie Luca quasi recht gab? Er glaubte schließlich, dass sie noch klein und unselbstständig war. Ärgerlich pustete Jule sich eine Haarsträhne aus dem Gesicht. Nein! So schnell würde sie nicht klein beigeben. Sie würde noch einmal eine Nacht darüber schlafen und morgen mit Mats darüber sprechen. Wenn ihr dann immer noch kein Geistesblitz gekommen wäre, könnte sie immer noch Marie einweihen.

Es war noch viel zu früh und zu hell, um schlafen zu gehen, und draußen war herrliches Wetter. Kein Abend, an dem man im Zimmer hocken blieb. Vielleicht konnte sie sich auf die Terrasse setzen und ein wenig lesen. Doch dann würde Eva sich wundern, warum sie nicht mit den Zwillingen Fußball spielte, und es würde unangenehme Fragen geben. Erstens hatte Jule keine gesteigerte Lust, ihr Liebesleben mit ihrer Tante zu diskutieren, und zweitens konnte sie sich schon genau vorstellen, wie das ausginge. Eva würde Luca natürlich vollkommen recht geben. Ein drei Jahre älterer Junge konnte ja schließlich nur das eine wollen. Jule seufzte frustriert. Sie würde sich ins Baumhaus zurückziehen. Da hatte sie ihre Ruhe!

Oliver und Eva waren in eine angeregte Unterhaltung vertieft, als Jule an ihnen vorbei in den Garten lief. Oliver hatte seinen Arm auf Evas gelegt und beugte sich beim Sprechen nah zu ihr. Die beiden sahen glücklich aus. Jule musste an die Fotos auf ihrem Handy denken. Waren sie nicht im Begriff, selbst ungefragt in eine Beziehung einzugreifen? Während sie über den Rasen zum Baumhaus lief, dachte Jule darüber nach, ob es nicht besser wäre, Eva einzuweihen und von ihrem Verdacht zu erzählen. Sie war schließlich erwachsen und konnte selbst entscheiden, inwieweit sie Oliver vertrauen wollte. Am Fuß der Leiter zum Piratenschiff blieb Jule stehen und schaute kurz zurück in Richtung Terrasse. Eva lachte. Es war offensichtlich, dass sie Oliver wirklich gernhatte. Jule musste mit Eva sprechen.

„Jetzt schieß doch!", hörte Jule Marie rufen. Sie schaute zu den Zwillingen hinüber, die immer noch Fußball spielten. Luca hatte den Ball mit dem Fuß gestoppt und sah zu ihr herüber. Als sich ihre Blicke trafen, lächelte er kurz. Rasch drehte Jule sich um und kletterte die Leiter hoch.

Sie lehnte sich mit dem Rücken an die Holzwand und zog die Knie an. Durch das Bullaugenfenster hatte sie einen wunderbaren Ausblick auf die abendliche Schlei. Auf dem Handy betrachtete sie noch einmal die Fotos aus Daschners Atelier und überlegte, wie sie Eva am besten erklären konnte, was sie herausgefunden hatte. Wie konnte sie ihren Verdacht am schonendsten äußern? Herunterspielen wollte sie ihn allerdings auch nicht. Womöglich glaubte ihre Tante ihr sonst nicht. Was hatte sie schon groß in der Hand? Ein Treffen mit Daschner im „Lobster“, Pläne für ein Lichtobjekt und zwei Leinwandzuschnitte, die zufällig ungefähr dieselben Maße besaßen wie Evas Gemälde. Es war anzunehmen, dass diese dürftigen Hinweise Eva nicht überzeugen konnten. Da musste Jule schon handfestere Beweise liefern.

Wenn sie doch nur etwas mehr Zeit gehabt hätte, sich in Daschners Atelier umzusehen! Sie rief den Messenger auf und tippte eine Nachricht an Mats. Morgen würde sie noch einmal versuchen, ein bisschen mehr herauszufinden. Und dann würde sie mit Eva sprechen. Völlig gleich, was bei ihrer Detektivaktion herauskäme. Zufrieden steckte Jule ihre Kopfhörer in die Ohren, wählte eine Playlist aus und schlug ihr Buch auf.

„Na, Watson? Was geht?“ Mats umarmte Jule und drückte ihr einen Kuss auf die Wange.

„Nenn mich nicht Watson, ich bin Sherlock!“ Jule lachte und boxte ihm sanft in die Rippen.

„Stimmt. Du bist das gut aussehende Genie.“ Mats grinste breit und nahm ihre Hand. „Aber du hast geschrieben, dass du eine Vermutung überprüfen möchtest. Also, was ist der Plan für heute?“

Jule erklärte Mats, was sie bei genauerer Betrachtung ihrer Fotos aus dem Atelier entdeckt hatte.

„Ich möchte mich dort einfach noch einmal umsehen.“

„Aber wie willst du das anstellen?“, wollte Mats wissen. „Daschner führt uns bestimmt nicht noch einmal durch sein Atelier. Ich fand den Typ auch ehrlich gesagt ziemlich unverdächtig.“

„Und warum experimentiert er dann mit bemalten Leinwandstücken herum, die zufällig ungefähr so groß sind wie die Gemälde meiner Tante? Nee, Mats. Da ist was faul und das möchte ich herausfinden.“ Jule war wild entschlossen.

„Aber sagtest du nicht, Daschners Leinwandstücke waren größer als die Bilder?“ Mats war noch nicht restlos überzeugt.

„Heute Morgen, als ich die Vorhänge in meinem Zimmer aufgemacht habe, ist mir etwas eingefallen.“ Jule war sichtlich stolz auf ihren Geistesblitz. „Unten in den Vorhängen sind so Bleiketten eingenäht zum Beschweren, damit der Stoff besser fällt. Na ja, und dabei fiel mir dann ein, dass beim Nähen ja immer ein Stück nach innen umgeschlagen werden muss. Wenn man eine Leinwand auf einen Rahmen spannen will ...“

„... dann muss die Leinwand auch größer sein als der Rahmen. Klar!“, ergänzte Mats.

„Genau. Die Leinwand wird über das Holz gespannt und hinten festgetackert“, fuhr Jule fort. „Wenn man die Leinwand vom Rahmen lösen würde, wäre sie also ein Stück größer als das eigentliche Gemälde.“

„Hm“, machte Mats. „Okay. Nehmen wir also einmal an, bei den Skizzen geht es tatsächlich um die Gemälde deiner Tante. Ich verstehe irgendwie immer noch nicht, was Daschner damit vorhat, und was das mit den bemalten Leinwänden zu tun hat, die wir bei ihm im Atelier gefunden haben.“

„Pass auf. Meine Theorie ist folgende: Oliver und Daschner machen gemeinsame Sache, denn Oliver braucht jemanden, der ihm hilft, die gestohlenen Bilder durch den Zoll zu schaffen, damit er sie in den USA für zehntausende Dollar an irgendwelche reichen Sammler verkaufen kann“, erklärte Jule. „Oliver verfügt über die Kontakte und Daschner über die perfekte Tarnung, um die Gemälde außer Landes zu schmuggeln.“

„Und wie genau wollen sie das anstellen? Wie soll Daschner dabei helfen?“ Mats kratzte sich am Kopf.

„Oliver organisiert für Daschner eine Ausstellung in New York, schon vergessen? Dafür werden Daschners Ausstellungsstücke verpackt, katalogisiert und durch den Zoll gebracht.“

„Du meinst, sie wollen die Gemälde in diesen Lichtwürfeln durch den Zoll schmuggeln? Herbe!“, rief Mats. „Aber möglich. Doch wozu dann die bemalten Leinwände?“

Jule öffnete noch einmal ein Foto von Daschners Skizze und zeigte es Mats.

„Ich habe die halbe Nacht darüber gegrübelt und mir immer wieder die Unterlagen angeschaut, die ich fotografiert habe. Ich stelle mir das so vor: Die Seitenwände von Daschners Lichtwürfeln bestehen aus Metallplatten und Plexiglas. Außen sichtbar ist die Metallplatte mit den Ausschnitten, durch die später das Licht scheint. Das Plexiglas ist direkt dahinter geschraubt. Dahinter befinden sich LED-Leuchten und Kabel. Erinnerst du dich? Daschner hat doch den Deckel dieser Skulptur abgenommen." Jule sah Mats an. Sie genoss es, dass er an ihren Lippen zu hängen schien. Das war wirklich wie in einem Detektivfilm, bei dem am Ende der Detektiv den staunenden Zuhörern den Täter präsentierte und die Tat rekonstruierte.

Mats nickte. „Ja, ich erinnere mich. Und?"

„Die Skulptur, die er uns gezeigt hat, war noch nicht ganz fertig. Wenn ich die Zeichnungen und Pläne richtig verstehe", verkündete Jule lächelnd, „verschwinden Kabel und Lämpchen später noch hinter einer Abdeckung aus Kunststoff, die von hinten mit langen Schrauben fixiert wird. Zerlegt besteht die Skulptur also aus vier solchen Sandwiches: Metallplatte, Plexiglas, Kabel und Beleuchtung und oben drauf die Abdeckung. Die werden auf den Sockel gesteckt und von innen verschraubt. Dann kommt der Deckel drauf. Fertig ist die Skulptur."

„Boah, du bist wirklich ein genialer Sherlock!" Mats runzelte die Stirn und betrachtete nachdenklich das Foto, das Jule ihm immer noch unter die Nase hielt. „Und was hat das nun alles mit den Gemälden zu tun?“

„Eine Leinwand ist nicht besonders dick. Wenn man nun nicht eine Abdeckplatte benutzt, sondern zwei ...“, begann Jule und sah Mats herausfordernd an.

„Dann könnte man eine Leinwand dazwischen verstecken! Genial!“, folgerte Mats. „Du, da könnte echt was dran sein.“

„Allerdings muss man dafür die Leinwand wie in einem Schraubstock sehr eng zwischen zwei Kunststoffplatten fixieren, damit der doppelte Boden nicht auffällt. Dabei könnte das Gemälde beschädigt werden. Auf den Skizzen sind auch zwei große Stücke Schaumstofffolie zu sehen. Wenn man nun ein Stück Folie über die bemalte Seite legt, würde das verhindern, dass man aus Versehen Farbe abschabt oder sich Abdrücke bilden können. Mit den bemalten Leinwänden, die wir gesehen haben, hat Daschner das Ganze ausprobiert. Er hat die Farbe einfach irgendwie aufgetragen – Hauptsache, ungefähr so dick wie auf dem Originalgemälde. Er wollte wahrscheinlich sehen, ob die Farbe abblättern kann oder beschädigt würde, wenn man die Leinwand zwischen den Kunststoffplatten einquetscht.“

„Der Hammer!“, rief Mats. „Wenn du recht hast, ist das

schon ein ziemlich schlauer Plan. Aber in dem Würfel, den wir gesehen haben, waren doch keine Leinwände."

„Na, weil Daschner noch dabei war, das Ganze zu testen. Daschner hat gesagt, dass seine Ausstellung erst in einem Monat stattfindet. Zeit genug also, in Ruhe an der perfekten Tarnung zu arbeiten."

„Klingt wirklich logisch, so wie du das erzählst." Mats zupfte sich am Ohrläppchen. „Und was jetzt? Gehen wir damit zur Polizei?"

„Ich weiß nicht." Jule steckte ihr Handy wieder ein. „Bisher ist das ja alles nur Theorie. Dieser Pohlmann schien mir bei unserem ersten Besuch schon ziemlich skeptisch. Wer weiß, ob er Daschner überhaupt richtig auf den Zahn gefühlt hat. Ich hätte gern stichhaltigere Beweise ..."

„Aber wie willst du das anstellen?", fragte Mats.

„Keine Ahnung, ehrlich gesagt." Jule kickte mit dem Fuß ein Steinchen zur Seite. „Ich hätte so gern mehr Zeit gehabt, mich in seinem Atelier umzuschauen. Vielleicht ..."

„Nee, nee, nee, Sherlock!", unterbrach sie Mats. „Wenn du mir jetzt vorschlagen möchtest, dass wir dafür selber bei Daschner einbrechen, bin ich raus. Das ist dann kein Spaß mehr. Deine Aktion mit den Fotos gestern war schon hart an der Grenze."

„Wir würden aber doch nichts klauen. Dann ist es doch kein echter Einbruch", fand Jule.

„Auch der Versuch ist strafbar", klärte Mats auf. „Wie gesagt, mein Onkel ist Polizist und ich möchte später auch zur Polizei. Da kann ich mir so was absolut nicht leisten."

„Schon gut, reg dich ab." Jule war enttäuscht. Im Grunde genommen hatte Mats natürlich recht, doch sie war sich so sicher, dass sie auf der richtigen Spur war. Zu gerne hätte sie Beweise gehabt, um sie Eva und der Polizei zu präsentieren. Luca und Marie hätten bestimmt mitgemacht.

„Wir könnten höchstens noch einmal hinfahren und fragen, ob wir die Skulptur von gestern für unsere Präsentation fotografieren dürfen", schlug Mats vor.

„Und dann?" Jule runzelte die Stirn.

„Nun ja, gestern hat er sie uns bereitwillig gezeigt. Wenn er sich jetzt weigert – weil er vielleicht gerade die Bilder offen herumliegen hat –, wüssten wir, dass da etwas faul ist. Etwas Besseres fällt mir auf die Schnelle echt nicht ein." Mats sah Jule an. „Was meinst du?"

Missmutig verzog Jule den Mund und zuckte mit den Achseln.

„Meinetwegen. Auch wenn ich nicht glaube, dass es uns viel bringt."

Bei Daschners Atelier angekommen, drückten sie den Klingelknopf, doch niemand öffnete.

„Nicht da", kommentierte Jule enttäuscht. „Und jetzt?"

„Und jetzt fahren wir erst einmal wieder rüber in die Stadt und ich gebe dir einen Milchshake aus." Mats grinste. „Vielleicht können wir es später noch mal probieren."

„Okay." Jule nickte. Wahrscheinlich war es besser, die Detektivspiele endgültig aufzugeben und die Suche nach den gestohlenen Gemälden der Polizei zu überlassen. Auf jeden Fall würde sie heute Abend versuchen, mit Eva zu sprechen.

Die beiden schlossen ihre Fahrräder auf und waren gerade dabei, sie vom Hof zu schieben, als ein klappriger roter Polo in die Einfahrt einbog. Eine Dame mittleren Alters mit Dauerwelle und Nickelbrille saß am Steuer.

„Nanu. Das ist ja Frau Petersen." Mats schaute dem Wagen hinterher. „Was macht die denn hier?"

„Wer ist denn Frau Petersen?", wollte Jule wissen. Sie blieben auf dem Gehweg stehen und beobachteten, wie die Frau aus dem Auto stieg und auf den Hauseingang zuging.

„Frau Petersen ist unsere Putzfrau", erklärte Mats. „Ich frage mich, was die bei Daschner will."

„Na, putzen, du Schlaumeier", sagte Jule lachend.

„Oh Mann! Na klar. Ich Depp!" Mats schlug sich an die Stirn. „Was sonst?"

Frau Petersen hatte einen Schlüssel aus der Tasche gezogen und war im Innern des Hauses verschwunden. Ein breites Grinsen breitete sich auf Jules Gesicht aus. Mats zog die Augenbrauen zusammen.

„Moment. Das Gesicht bedeutet nichts Gutes. Was hast du vor?"

„Komm schon, Mats. Das ist *die* Gelegenheit!", bat Jule. „Frau Petersen kennt dich. Sie lässt dich bestimmt rein, wenn du sagst, dass du gestern beim Interview etwas liegen gelassen hast."

Mats schüttelte vehement den Kopf. „Nein, vergiss es, Jule. Bei solchen Aktionen bin ich raus."

„Aber wenn sie uns reinlässt, ist es doch streng genommen kein Einbruch, oder?", versuchte Jule ihn zu überzeugen.

Mats richtete sich auf und reckte das Kinn vor.

„Ich meine das ernst, Jule. Ich habe keinen Bock, mir Ärger einzuhandeln. Und außerdem: Was soll das bringen? Mal angenommen, sie lässt mich rein. Dann kann ich schlecht stundenlang bleiben und das Atelier auf den Kopf stellen."

„Auch wieder wahr", gab Jule zu und kaute auf ihrer Unterlippe herum. „Man könnte ein Fenster öffnen und später dann ..."

„Jule!", mahnte Mats. „Echt! Das ist kein Spiel. Wenn ich jetzt bei einem Einbruch erwischt würde, könnte ich eine Ausbildung bei der Polizei knicken. Mal abgesehen davon, dass mein Vater mich umbringen würde."

„Dann eben nicht." Jule seufzte. Vielleicht sollte sie Luca

und Marie anrufen. Aber würde Frau Petersen sie auch hereinlassen? Mats kannte sie. Ihm würde sie bestimmt vertrauen. Dann kam ihr ein Gedanke. „Ich würde aber trotzdem gerne noch einmal einen kurzen Blick ins Atelier werfen. Wirklich. Nur ganz kurz. Vielleicht finde ich doch noch einen eindeutigeren Hinweis. Bitte, Mats. Ich weiß doch, wonach ich suche. Ich brauche nur zwei Minuten."

Jule gab sich Mühe, ihn möglichst flehend anzusehen.

„Na gut. Aber du öffnest kein Fenster!"

„Nein. Kein Fenster, versprochen."

Ein paar Minuten später klingelten sie abermals bei Daschner. Drinnen wurde der Staubsauger abgestellt und Schritte näherten sich. Die Tür wurde geöffnet und Frau Petersen streckte den Kopf hinaus. Sie runzelte die Stirn.

„Na so was, Mats. Was machst du denn hier?"

„Moin, Frau Petersen", grüßte Mats freundlich. „Wir wollten eigentlich zu Herrn Daschner."

Frau Petersen schüttelte den Kopf.

„Nee, der ist nicht da, tut mir leid. Ich bin nur zum Reinemachen hier. Aber vielleicht kann ich was ausrichten."

Mats hob die Schultern und wandte sich scheinbar zum Gehen. „Schon gut, Frau Petersen. Danke."

Dann drehte sich Mats wieder um. „Obwohl ... Na ja. Wir waren gestern hier und haben ein Interview mit Herrn

Daschner gemacht. Meine Freundin glaubt, dass sie dabei ihren Schülerkalender im Atelier vergessen hat. Können wir schnell einmal nachsehen?“

Frau Petersen legte den Kopf schräg und kratzte sich am Nacken.

„Na ja, gut. Denn komm mal schnell rein.“

„Danke. Das ist nett, Frau Petersen“, bedankte sich Jule. „Geht auch ganz schnell.“

„Was machen denn die Eltern, Mats?“, fragte Frau Petersen, als Jule an ihr vorbei in den Hausflur schlüpfte. Prima. Wenn Mats die Putzfrau in Small Talk verwickelte, konnte das sicher nicht schaden.

Jule öffnete die Tür zum Atelier und schaute sich suchend um. Mist. Sowohl die Unterlagen und Leinwände als auch der Lichtkubus waren verschwunden. Jule entdeckte einige Kartons, die an der Wand gestapelt waren. Auf der Werkbank neben den Kartons lag ein Abroller für Packband. Daschner war wohl gerade dabei, seine Ausstellungsstücke für den Versand vorzubereiten. Verflucht. Jule musste sich dringend etwas einfallen lassen, um später noch einmal in aller Ruhe suchen zu können. Auf den ersten Blick sah es so aus, als wären noch nicht alle Kartons zugeklebt. Jule wandte den Kopf und entdeckte den Nebeneingang. Vorsichtig drückte sie die Klinke der grünen Stahltür herunter.

Bingo. Von innen ließ sie sich öffnen. Außen war ein flacher Knauf angebracht. Jule betrachtete das Schloss. Na bitte. Wer sagte es denn? Die Tür hatte einen Drücker, genau wie ihre Kellertür in Bochum. Man musste nur einen kleinen Metallstift zur Seite schieben, und schon ließ die Tür sich auch von außen aufdrücken. Rasch drückte Jule den Stift herunter und schloss die Tür wieder. Dann lief sie hinaus, wo Frau Petersen auf die Türklinke gestützt immer noch mit Mats plauderte.

„Das ging aber flott", sagte sie und betrachtete Jules leere Hände. „Nicht gefunden?"

Jule schüttelte den Kopf. „Nein, leider. Ich muss ihn wohl unterwegs verloren haben. Wir werden die Strecke einfach noch einmal langsam mit dem Fahrrad abfahren. Vielleicht finden wir ihn. Vielen Dank für Ihre Hilfe, Frau Petersen."

„Ach was, da nicht für", winkte die Putzfrau ab. „Viel Glück bei der Suche. Und grüß mir die Eltern, Mats!"

„Und?", drängelte Mats, als sie ihre Räder vom Hof geschoben hatten.

„Nichts." Jule hob die Schultern. Sie überlegte hin und her, wie sie Mats unauffällig loswerden konnte. Schließlich musste sie das Haus beobachten und zuschlagen, sobald Frau Petersen wegfuhr. Sollte Daschner nach Hause kommen, könnte sie immer noch schnell durch den Nebeneingang verschwinden, sobald sie den Schlüssel im Schloss hörte. „Es war nichts Verdächtiges zu sehen“, teilte sie Mats mit. „Weißt du was? Ich sollte einfach mit meiner Tante sprechen und dann mit ihr zur Polizei gehen. Vielleicht glaubt Pohlmann ihr eher als mir.“

„Ja, das ist wahrscheinlich das Beste.“ Mats schwang sich auf den Sattel. „Na komm. Wir gönnen uns erst einmal einen Milchshake.“

Jule schüttelte den Kopf.

„Danke. Ich glaube, ich fahre jetzt direkt nach Hause und spreche mit Eva.“

„Okay. Wenn du meinst …“ Mats sah enttäuscht aus. „Vielleicht können wir das morgen nachholen?“

„Klar, gerne.“ Jule stieg ebenfalls aufs Rad. „Ich erzähl dir dann, wie die Sache ausging, okay?“

„Logisch.“

Sie radelten gemeinsam bis zur Ecke.

„Ich muss hier rechtsrum.“ Jule deutete in die Richtung, in der Evas Haus lag.

„Alles klar. Dann mach’s mal gut.“ Mats lächelte. „Textest du später?“

„Mach ich. Bis dann!“, verabschiedete sich Jule und radelte davon. An der nächsten Ecke blieb sie stehen. Sie sah gerade noch, wie Mats um die Kurve verschwand. Dann radelte sie zurück zu Daschners Atelier.

Jule in der Klemme

Endlich! Jule stand auf und schüttelte Arme und Beine aus. Frau Petersen war soeben in ihren Wagen gestiegen und vom Hof gefahren, sodass Jule ihr Versteck hinter dem Müllcontainer verlassen konnte.

Geduckt huschte sie über den Hof und lief zum Nebeneingang des Ateliers. Mit einem lauten Klack öffnete sich die Tür und Jule schlüpfte hindurch ins Innere. Eilig durchquerte sie den Raum, um sich die in der Ecke stehenden Kartons genauer anzusehen. Einige waren bereits fest zugeklebt, sodass Jule nicht hineinsehen konnte. Direkt neben der Werkbank lehnte ein flacher Karton an der Wand, der fast so hoch war wie Jule groß. Die Seiten waren mit Klebeband verschlossen, doch oben schien der Karton offen zu sein.

Sie rückte einen Stuhl heran und stieg hinauf, um von oben in den Karton sehen zu können. Da war von draußen ein Motorengeräusch zu hören. Hastig sprang Jule vom Stuhl, kletterte auf die Werkbank unter dem Fenster und lugte vorsichtig hinaus. Ihr Herz hämmerte bis in den Hals. Auf dem Hof war nichts zu sehen. Das Auto musste an der Einfahrt vorbeigefahren sein. Zum Glück war die Straße sehr ruhig und es fuhr nur selten einmal ein Auto vorbei. Wenn sie jedes Mal einen solchen Schrecken bekam und ihre Erkundungstour unterbrechen musste, würde sie nie vorankommen. Allerdings konnte sie es sich nicht erlauben, von Daschner erwischt zu werden. Jule versuchte, den Gedanken daran zu verdrängen, dass sie ganz allein hier war und niemand von ihrer Extratour wusste. Ein mulmiges Gefühl breitete sich in ihrem Bauch aus. Vielleicht hätte sie doch lieber jemanden in ihre Pläne einweihen sollen. Jule zog ihr Handy aus der Tasche. Sie würde eine kurze Nachricht an Marie schicken, um ihr mitzuteilen, dass sie allein auf Schnüffeltour in Daschners Atelier gegangen war.

Schaue mich bei Daschner um – glaube, er schmuggelt die Bilder in seinen Skulpturen! Mehr später. Jule.

Sie drückte auf Senden, doch nichts geschah. Mist. Kein Empfang. Jule reckte den Arm mit dem Handy zum Fenster, lief zur Tür und wedelte mit dem Telefon in der Luft. Sie schaute auf das Display. Nichts zu machen. Die Nachricht hing im Ausgang fest. Egal. Dann musste es eben auch so gehen. Sie würde sich beeilen müssen, damit Daschner sie nicht doch noch erwischte.

Jule steckte das Handy wieder in die Tasche und stieg auf den Stuhl. Sie klappte den Karton auf und spähte hinein.

Es war nicht viel zu sehen, außer Luftpolsterfolie, Styropor und einer glatten Plastikfläche. Das musste die Abdeckung sein, die sie auf den Plänen gesehen hatte. Sie fuhr mit der Hand über den Rand und ertastete in der Ecke eine Flügelschraube und begann, sie zu lösen. Auch auf der anderen Seite und in der Mitte befand sich eine solche Schraube. Die Kunststoffabdeckung kippte ein Stück zur Seite und gab den Blick auf zahlreiche Kabel frei. Jule tastete mit den Fingern über die Kante der Abdeckung. Tatsächlich, das waren zwei Kunststoffplatten. Vorsichtig schob sie die Platten am oberen Rand mit den Fingern etwas auseinander. Sie reckte sich und versuchte, in den Spalt hineinzuspähen. Es war einfach zu dunkel im Innern des Kartons.

Doch wozu hatte die moderne Detektivin schließlich ein Handy? Wenn es schon als Kommunikationsmittel versagte, konnte es wenigstens ein wenig Licht ins Dunkel bringen. Jule startete die Taschenlampen-App und hielt das Handy über den Karton. Sie erkannte Kabel, LED-Lämpchen und buntes Plexiglas. Wieder drückte Jule mit der anderen Hand die beiden Kunststoffteile auseinander und leuchtete mit der Taschenlampe in den Spalt. Sie versuchte, die Hand mit der Lampe etwas tiefer zu schieben. Da schimmerte etwas weiß. Konnte das vielleicht die Rückseite einer Leinwand sein? Oder die Schaumstofffolie, die sie in den Plänen gesehen hatte?

Jule stellte sich auf die Zehenspitzen und schob den Arm mit dem Handy tiefer in den Karton. Dann drückte sie mit aller Kraft die beiden Platten auseinander. Mit zusammengekniffenen Augen versuchte sie, Genaueres zu erkennen. Jule streckte sich noch etwas mehr, doch dann passierte es. Der Stuhl rutschte nach hinten weg und Jule verlor das Gleichgewicht. Unter lautem Gepolter stürzte sie auf den harten Betonboden. Benommen rappelte sie sich auf und rieb sich die schmerzenden Glieder. So ein blöder Mist! Jetzt war ihr das Handy in den Karton gefallen. Jule rieb über die roten Striemen auf ihrem Arm, wo sie sich am Karton geratscht hatte. Es half nichts, sie musste das Handy irgendwie wieder herausfischen.

Sie stieg wieder auf den Stuhl. Das Handy war nicht zu sehen. Jule hoffte, irgendwo Licht zu entdecken, doch im Karton war es dunkel. Das Handy war sicher bis nach ganz unten durchgerutscht. Vermutlich hatte sich die Taschenlampen-App beim Sturz abgeschaltet oder das Handy war mit der Leuchte nach unten gelandet. Wie sollte sie das Telefon bloß dort wieder herausbekommen, ohne die Seiten des Kartons zu öffnen? Jule schaute sich nach einem geeigneten Gegenstand um, mit dem sie im Innern des Kartons ein wenig stochern konnte. Vielleicht ein Besenstiel.

In einer alten Konservendose auf der Werkbank fand sie einen Zollstock und klappte ihn aus. Sie stieg zurück auf den Stuhl und versuchte, mit dem Zollstock die Kabel zur Seite zu biegen, um nach unten in den Karton sehen zu können. Doch sie konnte nichts entdecken. Das war vermutlich vergebliche Liebesmüh. Es würde ihr nichts anderes übrig bleiben, als den Karton zu öffnen. Aber mit einer leeren Rolle Paketband ließ er sich nicht wieder verschließen. Daschner würde wissen, dass jemand im Atelier gewesen war.

Sicher würde er Frau Petersen befragen, schließlich hatte die einen Schlüssel und war allein im Haus gewesen. Und Frau Petersen würde Daschner sehr schnell auf Mats und Jule bringen. Verflixt.

Entweder flog ihre Spionageaktion auf oder sie musste ihr Handy im Karton zurücklassen. Sie hatte lange gebettelt, bis ihre Eltern ihr ein Smartphone erlaubt hatten. Wenn sie jetzt sagte, dass sie es verloren hatte, war massig Ärger vorprogrammiert. Keine der beiden Möglichkeiten erschien ihr besonders attraktiv. Wenn sie allerdings den Karton öffnete und darin – neben ihrem Handy – noch eindeutige Beweise dafür fand, dass Daschner und Oliver den

Gemälderaub geplant und durchgeführt hatten und dabei waren, die Gemälde außer Landes zu schmuggeln, hatte sie doch eigentlich nichts mehr zu befürchten. Dann würde sie einfach die Polizei rufen und die würde sich um Daschner kümmern.

Jule war sich sehr sicher, dass ihre Theorie stimmte. Alles sprach dafür, dass sie zwischen den beiden Lagen der Kunststoffabdeckung eines der kostbaren Gemälde ihrer Tante finden würde. Sie musste es riskieren. Für den Fall, dass sie keine Beweise finden würde, musste sie wohl in den sauren Apfel beißen, Daschner beichten und sich bei ihm und Oliver entschuldigen.

Jule hüpfte vom Stuhl und schaute sich nach einem geeigneten Werkzeug zum Öffnen des Kartons um. Sie hatte gerade ein Teppichmesser auf einem der Werktische entdeckt, als sie draußen erneut ein Motorengeräusch hörte. Dieses Mal klang es lauter. Rasch schob sie den Stuhl wieder an seinen Platz, stieg auf den Tisch und spähte kurz aus dem Fenster. Auch das noch! Ein Transporter parkte direkt vor dem Haus. Hoffentlich nur die Post. Jule sprang vom Tisch und suchte eilig nach einer Versteckmöglichkeit. Am anderen Ende des Ateliers entdeckte sie eine schmale, rot lackierte Holztür, die einen Spalt offen stand. Sie zog die Tür auf. Dahinter befand sich ein kleiner, fensterloser Raum, der Daschner als Materiallager diente. Es gab deckenhohe Regale, in denen Kabeltrommeln, Werkzeug, Drähte, Bleche und allerlei anderer Kram lagerten. Jule schlüpfte hinein und zog die Tür ein Stück weiter zu. Sie versuchte, so leise wie möglich zu atmen, doch ihr Herz raste so, dass es ihr schwerfiel. Vorsichtig linste sie durch den Türspalt ins Atelier. Als sie Stimmen hörte, zog sie schnell den Kopf zurück und presste sich in die Ecke.

„Bestimmt hat die dusselige Petersen sie nicht richtig zugemacht. Werde wohl mal ein Wörtchen mit ihr reden müssen."

Das war Daschner. Offenbar war er durch den Seiteneingang gekommen und hatte bemerkt, dass die Tür nicht richtig verschlossen gewesen war.

„Aber da siehst du doch, was ich meine. Mir ist das zu heikel, die Kartons hier rumstehen zu haben. Hier kommen doch ständig irgendwelche Leute vorbei. Presse, Galeristen, Kunden. Gerade gestern waren noch ein paar Schüler vom hiesigen Gymnasium hier, um sich das Atelier anzuschauen. Außerdem hat mich die Polizei auf dem Kieker. Und dann lässt die Alte noch die Tür offen, dass jeder einfach so hier hereinspazieren kann. Das wird mir langsam echt zu brenzlig. Ich möchte das Zeug so schnell wie möglich loswerden."

„Beruhig dich, Mann." Die zweite Stimme kam Jule ebenfalls bekannt vor. Ob es Oliver war? „Die Polizei hat dich nur befragt, weil Evas neugierige Gören dich vor dem ‚Lobster' gesehen haben und diese Jule dein Auto vor dem Haus erkannt haben will. Aber die haben überhaupt nichts in der Hand. Du kannst dich also entspannen. Trotzdem hast du recht. Evas Gören sind mir auch nicht ganz geheuer, sie sind zu neugierig und schnüffeln überall herum."

„Sag ich doch. Ich möchte jedenfalls hier nicht länger wie auf glühenden Kohlen hocken. Das Zeug muss weg!", beharrte Daschner. „An deiner Stelle würde ich das nicht so locker sehen. Wenn ich auffliege, reiße ich dich mit rein. Darauf kannst du Gift nehmen. War schließlich deine Idee."

„Jetzt mach bloß keinen Rückzieher!", zischte der andere Mann. „Bevor die Polizei hier war und du das große Fracksausen bekommen hast, gefiel dir die Idee noch ausgenommen gut. Du verdienst schließlich eine hübsche Stange Geld. Hör also auf, mir auf die Nerven zu gehen. Ich werde mir was überlegen. Kann ich mal kurz telefonieren? Ich kenne jemanden, der ein Lagerhaus besitzt. Vielleicht können wir den Kram so lange dort parken."

„Klar. Wenn das bedeutet, dass die Bilder aus meinem Atelier verschwinden ...", grunzte Daschner. „Das Telefon hängt da an der Wand."

Jule hörte, wie sich Schritte ihrem Versteck näherten. Panisch wandte sie den Kopf und entdeckte einige mannshohe Metallplatten, die an das hintere Ende des Regals gelehnt waren. Ohne zu zögern, schlüpfte sie dahinter und lauschte. Sie presste sich die Hand auf den Mund und zwang sich, langsam und leise durch die Nase zu atmen, während ihr jagender Puls das Blut in ihren Ohren zum Rauschen brachte. Die Tür zum Lager wurde geöffnet. Jule hörte Daschner im vorderen Bereich im Regal kramen. Dann schlurften seine Schritte wieder hinaus und die Tür wurde ins Schloss gezogen. Jule pustete langsam die Luft aus und versuchte, sich wieder zu beruhigen. Das war knapp gewesen.

Draußen im Atelier waren jetzt schabende Geräusche zu hören. Es klang, als würden die Männer sich an den Kartons zu schaffen machen und sie über den Betonboden ziehen. Jule hätte zu gern gewusst, was draußen vor der Tür passierte, aber sie traute sich nicht, ihr Versteck zu verlassen. Zusammengekauert blieb sie hinter den Stahlplatten hocken und richtete sich auf eine lange Wartezeit ein.

Als nach einer gefühlten Ewigkeit keine Stimmen oder sonstige Geräusche mehr aus dem Atelier zu hören waren, rappelte sich Jule mühsam vom Boden auf. Sie schüttelte vorsichtig Arme und Beine aus, die sich ganz taub anfühlten, und schlich zur Tür. Zunächst presste sie ihr Ohr gegen das Holz. Sie versuchte, durch das Schlüsselloch in den

Raum zu spähen, aber der Schlüssel steckte und versperrte die Sicht. Jule legte abermals das Ohr an die Tür. Als sie schließlich sicher war, dass sich im Atelier nichts mehr regte, drückte sie langsam die Klinke herunter und schob sich vorsichtig mit der Schulter gegen die Tür. Nichts bewegte sich. Jule drückte fester. Immer noch nichts.

Verzweifelt rüttelte sie an der Tür, doch die gab nicht nach. Auch das noch! Daschner hatte offenbar den Schlüssel herumgedreht, als er die Tür geschlossen hatte. Jule sah sich um. Na prima. Sie saß in der Falle. Ein Raum ohne Fenster, kein Handy und niemand wusste, wo sie war.

Tränen schossen ihr in die Augen. Sie ließ sich auf einen Tritthocker fallen und schluchzte. Jetzt bloß nicht ausflippen. Jule wischte sich mit dem Handrücken die Tränen aus den Augen und zwang sich, ruhig über ihre Situation nachzudenken. Spätestens beim Abendessen würden Eva und die Zwillinge sie vermissen. Sie würden zunächst versuchen, sie über das Handy zu erreichen. Dann würden sie wahrscheinlich früher oder später Jonas und Mats anrufen, um zu hören, ob sie mit den Jungs unterwegs war. Mats wusste zwar nicht, dass Jule auf eigene Faust noch einmal zu Daschners Atelier gefahren war, doch da Mats sie dort zum letzten Mal gesehen hatte, bevor sich ihre Spur verlor, würden sie sicher irgendwann nachschauen. Vielleicht entdeckten sie dann ihr Fahrrad hinter dem Müllcontainer.

Irgendwann würden sie auch die Polizei einschalten und die würde unter Garantie auch den Ort durchsuchen, an dem Jule zuletzt gesehen worden war. Es war also nur eine Frage der Zeit, bis man sie fand, versuchte sie sich zu beruhigen. Wenn sie Glück hatte, würde sie in ein paar Stunden befreit – aber wenn sie Pech hatte ... vielleicht erst in ein oder zwei Tagen. Immerhin gab es Licht. An der Decke baumelte eine einsame Glühlampe. Noch reichte das Tageslicht, das durch den Türspalt drang, doch wenn sie noch bis abends hier hocken musste, würde es bald reichlich duster.

Viel größere Sorgen machte Jule allerdings, dass sie weder eine Toilette hatte noch etwas zu trinken. Ihre Zunge klebte bereits am Gaumen und sie sehnte sich nach einem kühlen Getränk. Vielleicht gaben die Regale ja etwas her. Jule knipste die Glühlampe an und begann, die Regale zu durchforsten. Außer Werkzeug, einem Haufen Drähte und Kabeln und allerhand Zeug, das Daschner für seine Skulpturen brauchte, war allerdings nichts zu finden. Immerhin fand Jule einen Zinkeimer, den sie im Notfall als Toilette benutzen könnte. Wie demütigend, wenn man sie irgendwann hier herausholte! Jule seufzte und ließ sich wieder auf den Tritthocker fallen. Das konnte ja noch heiter werden. Sie stützte den Kopf in die Hände. Plötzlich drängte sich ein beunruhigender Gedanke in ihren Kopf. Was, wenn

Daschner zurückkam, bevor man nach ihr suchte? Was würde er mit ihr anstellen, wenn er sie hier drin fand?

Sie konnte hier nicht sitzen wie ein Tier in der Falle. Sie musste irgendetwas unternehmen. Vielleicht konnte sie ja irgendeines dieser Werkzeuge benutzen, um sich zu befreien. Ihr fiel etwas ein, das sie einmal in einem Film gesehen hatte. Ja, das könnte vielleicht klappen. Jule stand auf und durchsuchte erneut die Regale.

Eine Weile später hatte sie gefunden, was sie benötigte. Vorsichtig steckte sie ein festes Stück Packpapier unter dem Türschlitz hindurch und schob es in Richtung Türschloss. Gott sei Dank war es ein altes Türschloss mit einem großen Schlüssel. Dann nahm sie einen langen Schraubenzieher und begann vorsichtig, den Schlüssel aus dem Schlüsselloch zu drücken. Langsam und sachte. Er durfte nicht zu weit fallen. Kurz später war ein gedämpftes *Kling* zu hören. Der Schlüssel war auf dem Packpapierbogen gelandet. Jule wischte sich über die Stirn. Jetzt ganz langsam und vorsichtig. Hoffentlich war der Türschlitz breit genug.

Jule fasste den Packpapierbogen mit spitzen Fingern an und machte sich daran, das Papier ganz langsam zu sich heranzuziehen. Sie presste sich flach auf den Boden und versuchte, durch den Türschlitz zu sehen. Der Schlüssel lag noch auf dem Papier und hatte sich ein Stück auf den Spalt zubewegt. Gut. Jule zog weiter und überprüfte immer wieder, ob der Schlüssel noch auf dem Papier lag. Jetzt wurde es kritisch. Ganz sachte zog Jule weiter. Jetzt müsste der Schlüssel durch den Spalt rutschen – oder davor liegen bleiben. Konzentriert und mit möglichst ruhigen Bewegungen holte Jule den Packpapierbogen weiter ein, doch bereits nach ein paar Zentimetern merkte sie, dass der Schlüssel an der Kante der Tür liegen blieb. Mist. Der Türspalt war doch zu schmal. Im Film hatte es so einfach ausgesehen! Aber da war der Schlüssel auch flacher gewesen.

Frustriert zog Jule das Papier ganz zurück und hörte, wie der Schlüssel auf den Betonboden kullerte. Vielleicht konnte sie die Tür irgendwie aufhebeln. Wenn sie sich mit ihrem ganzen Gewicht dagegen warf, gab sie womöglich nach. Jule nahm Anlauf, soweit es die Enge der Kammer zuließ, und trat mit aller Kraft vor die Tür. Die wackelte und knirschte ein wenig, dachte aber nicht im Traum daran, nachzugeben. Jule fluchte und massierte ihren schmerzenden Knöchel.

Sie beschloss, es sich erst einmal auf dem Boden einigermaßen bequem zu machen. Vielleicht fiel ihr ja noch etwas anderes ein. Jule wünschte, sie hätte ihren Rucksack nicht beim Fahrrad gelassen. Den hätte sie prima als Kopfkissen benutzen können.

Immerhin fand sie in der Ecke eine Rolle Maler-Vlies, das sie ein Stückchen abrollte, um sich daraufzulegen. Der Rest der Rolle diente ihr als Kopfkissen. Das war sogar einigermaßen bequem, und das Vlies hielt die Kälte des Bodens ab. Jule rollte sich auf die Seite, zog die Knie an und grübelte weiter darüber nach, wie sie die Tür aufbekommen sollte.

Schicksal, Traumprinz und der ganz große Knall

Jule schreckte von einem quäkenden Geräusch auf. Sie fuhr in die Höhe und lauschte, während sie sich den steifen Nacken rieb. Sie musste eingedöst sein. Jule hatte keine Ahnung, wie lange sie geschlafen hatte. Wieder ertönte das Quäken. Na klar! Das war die Türklingel. Dann hörte sie ein dumpfes Wummern und leise Stimmen.

„Herr Daschner? Sind Sie zu Hause?“

Da war jemand an der Tür. Womöglich die Polizei?

Jule überlegte kurz, ob sie sich bemerkbar machen sollte. Doch was, wenn es nicht die Polizei war? Wieder ertönte das Wummern.

„Herr Daschner?“

Jetzt oder nie. Jule musste das Risiko eingehen. Rasch schnappte sie sich den Zinkeimer und bearbeitete ihn mit dem Stiel des Schraubenziehers, während sie aus Leibeskräften schrie.

„Hiiiiier! Hiiiiier! Ich bin hiiiiiier!“

Nach einer Weile hielt sie inne und lauschte. Ihre Ohren

dröhnten von dem grässlichen Geschepper und ihrem Geschrei, aber es dauerte nicht lange, da hörte sie Stimmen und Schritte von mehreren Personen im Atelier. Jule hämmerte gegen die Tür.

„Da! Dahinten!“, rief eine männliche Stimme. Sie hörte, wie sich jemand nach dem Schlüssel bückte, ihn aufhob und ins Türschloss steckte. Einen Augenblick später wurde die Tür aufgerissen und Jule stand einem verdutzt dreinblickenden Kommissar Pohlmann gegenüber.

„Tatsache, Junge. Das Mädchen ist hier“, sagte er über die Schulter gewandt zu jemandem. „Wie kommst du hier rein? Und wer hat dich eingesperrt?“

„Jule?“ Hinter Pohlmann tauchte Luca auf. Er trug ein farbverkleckstes T-Shirt und darüber ein kariertes Hemd. Seine Wangen glühten.

„Mensch! Wir haben uns solche Sorgen gemacht! Ein Glück, dass du Marie geschrieben hast, wo du steckst!“

Luca drängelte sich an Pohlmann vorbei in die Kammer und riss Jule an sich. Jule konnte kaum atmen, so fest hatte Luca sie an seine Brust gepresst. Erleichtert schmiegte sie sich an ihn und schlang, ohne lange darüber nachzudenken, die Arme um ihn. Tränen der Erleichterung liefen ihr über das Gesicht. Die Nase in sein T-Shirt vergraben, das nach einer Mischung aus Zitrus-Duschgel und Pinselreiniger roch, fiel die Anspannung von Jule ab und sie begann, heftig zu schluchzen. Luca streichelte ihr sanft den Rücken und strich beruhigend über ihr Haar.

„Ich möchte euch ja nur ungern unterbrechen", grummelte Pohlmann hinter ihnen, „aber ich hätte schon noch ein paar Fragen an die junge Dame."

Nachdem Jule auf dem Polizeirevier ihre Aussage gemacht hatte, war Pohlmann mit seinen Kollegen aufgebrochen, um Oliver und Daschner zu suchen.

Jules Missgeschick mit dem Handy erwies sich im Nachhinein als großer Glücksfall. Egon Daschner und Oliver hatten die Kartons in den Transporter geladen, um sie in ein sichereres Versteck zu bringen. Dabei hatte Jules Handy in regelmäßigen Abständen versucht, die Nachricht erneut zu versenden. Irgendwann hatte der Transporter dann wohl das Funkloch verlassen und die Nachricht war doch noch auf Maries Handy eingetroffen. Da Jule nicht zum Abendbrot erschienen war, hatte Marie direkt ihren Bruder und Eva eingeweiht und die Polizei informiert. Wenn der Akku in Jules Handy lang genug durchhielt, würde es für die Polizei ein Leichtes sein, Ganoven und Beute aufzuspüren. Dafür mussten sie lediglich Jules Handy orten.

Jetzt hockten Jule, Marie und Luca schweigend in Evas Küche, während die Künstlerin – noch immer im Schock – Kakao für die Kinder zubereitete. Es war eine seltsame Stimmung. Das Haus wurde sicherheitshalber von zwei Kriminalpolizisten in Zivil überwacht, falls Oliver nicht gefasst würde und nach Hause zurückkehrte. Schweigend sahen Jule, Marie und Luca Eva dabei zu, wie sie mit einer Schöpfkelle den dampfenden Kakao in Tassen verteilte und je eine vor Marie, Luca und Jule abstellte. Dann nahm sie sich selbst eine Tasse und setzte sich.

„Ich kann es immer noch nicht glauben", sagte sie nach einer Weile in die Stille. „Und ich habe ihm vertraut! Ich hätte auf euch hören sollen. Ihr habt gleich gewusst, dass mit Oliver etwas nicht stimmt." Eva lächelte schief und streckte die Hände nach Marie und Luca aus. Sie strich ihnen über die Unterarme.

Marie schüttelte den Kopf. „Wir hätten uns genauso gut irren können, Mum. Wer soll denn so etwas ahnen?"

Eva zuckte mit den Schultern und atmete hörbar aus.

„Ich frage mich, wie lange er das schon geplant hat. Ich hätte doch etwas merken müssen! Wahrscheinlich hat er mich auch bei der Abrechnung der Verkäufe ordentlich über den Tisch gezogen. Ich werde das alles überprüfen lassen. Ich …" Eva wischte sich eine Träne aus dem Auge.

Luca stand auf und legte seiner Mutter von hinten die Arme um die Schultern.

„Es tut mir wirklich leid, Mum. Ich hätte mir so gewünscht, dass wir falschliegen. Das musst du mir glauben."

„Geht mir auch so", schaltete sich Marie ein. „Du verdienst jemanden, der dich richtig glücklich macht, Mama."

Eva sah auf und lächelte schwach.

In diesem Augenblick wurde die Haustür geöffnet. Eva sprang auf. Oliver trat in Begleitung eines Beamten in den Hausflur.

„Wie konntest du mir das antun?", schleuderte ihm Eva entgegen. „Du hast mich die ganze Zeit ausgenutzt, um dir meine Bilder unter den Nagel zu reißen."

„Bitte beruhigen Sie sich, Frau Freymuth." Der Beamte begleitete Oliver in die Küche. „Herr Schwarz konnte uns glaubhaft versichern, dass er sich heute den Tag über in Kiel aufgehalten hat. Es gab Zeugen, die dies bestätigen. Er kann heute nicht in Daschners Atelier gewesen sein."

„Eva, ich verstehe nicht, was hier vor sich geht." Oliver sah tatsächlich ziemlich verzweifelt aus. „Habt ihr etwa mich verdächtigt, die Gemälde gestohlen zu haben?"

Eva schlug die Hand vor den Mund.

„Ich …", stotterte sie. „Ich weiß einfach nicht mehr, was ich glauben soll. Jule hat diesen Daschner dabei erwischt, wie er versucht hat, die Gemälde in einer seiner Skulpturen über den Zoll zu schmuggeln. Sie war heute in seinem Atelier und … sie meint, deine Stimme erkannt zu haben."

„Meine ...“ Oliver sah Jule fragend an. „Meine Stimme? Aber ich war den ganzen Tag über in Kiel und es würde mir auch im Traum nicht einfallen, Eva zu bestehlen. Wie konntet ihr nur so etwas von mir denken?“

Er ließ sich auf einen der Küchenstühle fallen.

„Na ja, ich weiß schon. Ich hätte das Fenster öffnen können, schließlich habe ich einen Schlüssel zum Haus. Außerdem habe ich Kontakt zu potenziellen Käufern – und ihr habt mich mit Daschner gesehen, der offenbar in der Sache drinhängt. Trotzdem, dass du so etwas von mir denken konntest, Eva!“ Oliver sah aus wie ein getretener Hundewelpe.

„Oliver, die Beweise schienen ...“

„Schon gut“, unterbrach er sie und griff nach ihrer Hand. „Es spricht alles gegen mich. Aber wer könnte ...?“ Oliver stoppte mitten im Satz.

„Jens!“ Jule war von ihrem Stuhl aufgesprungen. „Na klar! Es war überhaupt nicht Olivers Stimme, die ich gehört habe. Es war Jens!“

Der Polizeibeamte räusperte sich. „Jens Schwarz? Ihr Bruder? Aber den haben wir überprüft. Zum Tatzeitpunkt hat er einen Airbrush-Workshop geleitet. Er kann den Einbruch nicht begangen haben.“

Oliver seufzte. „Nein. Er wusste, dass er überprüft würde, also hat er Daschner die Drecksarbeit machen lassen. Und er hatte das perfekte Alibi. Aber Jens hat mir in der Agentur geholfen. Dadurch hatte er Zugang zu meinen Geschäftskontakten. Einen Schlüssel zu meiner Wohnung hat er ebenfalls. Es wäre kein Problem für ihn oder für Daschner gewesen, jederzeit damit ins Haus zu kommen. Das gekippte Fenster war Tarnung. Es sollte wie ein gewöhnlicher Einbruch aussehen."

„Jens? Nein, das glaube ich nicht!", protestierte Marie.

„Es passt aber alles zusammen, Marie." Luca sah seine Schwester an.

„Und Jens braucht dringend Geld, um sich seinen Traum finanzieren zu können, überall in der Welt herumreisen und seine Straßenkunst machen zu können", gab Jule zu bedenken.

„Ich fasse es nicht!" Oliver stützte den Kopf in die Hände. „Er war zwar immer ein kleiner Rebell, aber dass er zu so etwas fähig ist? Jens und kriminell? Du bist sicher, dass es seine Stimme war, Jule?"

Jule nickte. „Ich fürchte schon. Die Stimme kam mir gleich bekannt vor. Eure Stimmen sind ziemlich ähnlich. Deshalb dachte ich zuerst, dass du es bist. Sorry!"

„Was kann ihn nur dazu getrieben haben, so ein krummes Ding zu drehen?" Oliver schüttelte den Kopf.

„Er betreibt seine Kunst mit Leidenschaft", meldete sich Luca. „Und mit den entsprechenden finanziellen Mitteln könnte er sich einen Traum erfüllen. Wenn man etwas wirklich leidenschaftlich liebt, ist man manchmal einfach nicht ganz zurechnungsfähig. Dann tut und sagt man Dinge, die man später bereut."

Während Luca dies sagte, warf er Jule einen vielsagenden Blick zu.

Marie horchte auf und blickte zwischen den beiden hin und her. Sie zog eine Augenbraue hoch und grinste. Ein Klingeln durchbrach die Stille. Für einen kurzen Augenblick saßen alle fünf wie versteinert am Tisch und starrten auf das Telefon in der Tischmitte, bis Eva abnahm.

„Freymuth?"

Gebannt schauten Marie, Jule und Luca sie an und versuchten, aus den Gesprächsfetzen schlau zu werden. Ein paar Minuten und etliche *Ahas* und *Mhms* später bedankte sich Eva für die Informationen und legte auf.

„Das waren Ihre Kollegen", sagte Eva an den Polizisten gewandt. „Jens und Daschner wurden gefasst, die Gemälde sichergestellt. Wir sollen morgen noch einmal auf die Wache kommen, um Aussagen zu machen."

Sie warf Oliver einen besorgten Blick zu.

„Das tut mir leid, Herr Schwarz", sagte der Beamte. „Es scheint wohl so, als sei Ihr Bruder tatsächlich in die Sache verwickelt."

Oliver nickte stumm.

„Ich … ähm … lasse Sie dann jetzt wohl besser allein." Der Polizist wandte sich zum Gehen. „Sie kommen dann einfach morgen früh auf die Wache."

„Warten Sie, ich bringe Sie noch zur Tür." Eva folgte dem Polizisten in den Flur und verabschiedete ihn.

Als Eva zurück in die Küche kam, ließ sie sich auf einen Stuhl fallen und fuhr sich mit der Hand durch die Haare. Sie sah Oliver an, der immer noch gedankenverloren in die Luft starrte. „Ich fühle mich schrecklich, dass ich dich verdächtigt habe."

Oliver stand auf, legte ihr von hinten die Arme um die Schultern und schmiegte seine Wange an ihre.

„Mach dir keine Gedanken. Alles ist gut. Es hat sich doch alles geklärt."

„Wir sollten uns vielleicht auch bei dir entschuldigen." Marie schaute zerknirscht. „Schließlich haben wir dich zuerst verdächtigt."

„Schwamm drüber." Oliver winkte ab. „Wir fangen einfach nochmal von vorne an. Seid mir nicht böse, aber ich werde mich jetzt ein bisschen zurückziehen. Ich muss den Schock mit Jens auch erst einmal verdauen."

Oliver verließ die Küche und verschwand im Hausflur.

„Kommt ihr heute Abend allein klar? Ich würde mich auch gerne ein bisschen hinlegen." Eva erhob sich und stellte ihre Tasse in die Spüle.

„Klar, ruh dich aus, Eva." Jule lächelte ihrer Patentante zu. „Es tut mir leid, dass ich dir mit meiner Verwechslung so einen Schrecken eingejagt habe."

„Schon gut, Liebes. Die beiden haben wirklich sehr ähnliche Stimmen." Eva gähnte. „Gute Nacht, ihr drei. Zaubert nicht mehr so lang, ja?"

Damit verabschiedete sich Eva.

„Ich ... äh ... gehe dann wohl auch mal. Ich muss noch, habe noch ... ich bin beschäftigt." Marie sprang eilig auf, grinste und folgte ihrer Mutter aus der Küche.

Luca streckte den Arm aus und legte zaghaft seine Hand über Jules. Sie lächelte.

„Oh Mann! Was für eine Woche!" Ungläubig schüttelte Luca den Kopf. „Du, wegen Jonas. Es tut mir echt leid, was ich ..."

„Ach, Jonas!" Jule pustete sich eine Haarsträhne aus dem Gesicht. „Du hattest ja eigentlich recht. Jonas passt überhaupt nicht zu mir. Ich ... ich habe mich da in etwas hineingesteigert, weil ... also ... versprich, dass du nicht lachst, ja?"

„Niemals!" Luca hob eine Hand wie zum Schwur.

„Na ja, vor den Ferien bin ich auf der Kirmes bei einer Wahrsagerin gewesen. Sie hat mir allen möglichen Quatsch vorausgesagt. Von wegen, dass ich auf einer Reise die ganz große Liebe treffe. Es sollte an einem großen Wasser sein und ..."

„Und da passte Jonas voll ins Bild. Verstehe", nickte Luca.

„Ach, das war doch alles total albern. Wer glaubt denn schon, was eine Wahrsagerin auf der Kirmes sagt?" Jule schüttelte den Kopf. „An einem großen Wasser, Farbe auf der Haut ..." Sie senkte den Blick. „So ein Schwachsinn!"

Luca strich sanft mit dem Daumen über ihre Hand. Ganz langsam, kaum wahrnehmbar, aber Jule fühlte plötzlich, wie ihr ganzes Inneres kribbelte, als ob ein Volk verrückt gewordener Ameisen unter ihrer Haut eine Techno-Party feierte. Ihr Blick fiel auf Lucas Hemdsärmel, der ein Stückchen hochgerutscht war. Sein Unterarm war übersät von blauen und grünen Farbsprenkeln. Farbe auf der Haut. Jule musste lachen. Es platzte nur so aus ihr heraus. Sie konnte sich überhaupt nicht wieder einkriegen.

„Was?", fragte Luca. Immer wieder: „Was denn?"

Jule schüttelte bloß den Kopf. Ein merkwürdiger Grunzlaut entfuhr ihr, und es war ihr überhaupt nicht peinlich, dass sie sich anhörte wie ein Ferkel mit Asthma.

Luca stöhnte auf. „Mann, sag schon. Was? Hab ich irgendwas Falsches gesagt?"

Jule rang nach Luft. „Nein. Nichts. Absolut nichts."

Sie wischte sich die Lachtränen aus den Augen und nahm zur Beruhigung einen Schluck Kakao.

„Es ist überhaupt nichts. Ich muss nur darüber lachen, wie blöd ich war."

„Und ich auch." Luca streichelte wieder ihre Hand. „Ich hätte mich nicht einmischen dürfen. Es war bloß ... Na ja, es war nicht so ganz einfach, mir anzuschauen, wie du dich ihm an den Hals wirfst. Mann, Jule. Ich war schon früher ein bisschen verknallt in dich. Und als du dann letzte Woche hier in der Küche standst und als wir die Mitternachtsparty im Baumhaus veranstaltet haben – na ja, da hat es mich erst so richtig erwischt."

„Ich sag doch, dass ich vollkommen bescheuert bin." Jule grinste. „Ich hab das überhaupt nicht gemerkt. Ich dachte, da geht was mit Anna-Lena."

„Anna-Lena? Nee. Wir sind nur Freunde. Eine Weile hat sie sich wohl mal mehr erhofft, aber das habe ich klargestellt", erklärte Luca. „Und wenn überhaupt, sind wir wohl alle beide bescheuert."

Er grinste.

„Damit kann ich leben!" Jule sah auf. Ein schelmisches Glitzern lag in Lucas grünblauen Augen, als er seine Lippen auf ihre drückte.

Und da waren sie plötzlich: der ganz große Knall, der Blitzschlag mit Trommelwirbel, riesige Schmetterlingsgeschwader. Es kam wohl nur darauf an, wen man küsste.

Das verdrehte Leben der Amélie

1 Beste Freundinnen

Die Reihe für witzige und coole Mädels

2 Heimlich verliebt

3 Sommerliebe

4 Die Welt steht Kopf

5 Total verliebt

6 Camping, Chaos & ein Kuss

7 Herzstürme

8 Mitten im Leben

kosmos.de Preisänderung vorbehalten